Ta gueule ! On tourne

Jade-Rose Parker

Ta gueule ! On tourne

roman

KERO

ISBN : 978-2-36658-054-9

À Myriam-Isabelle,
qui m'a donné le goût des mots et a toujours cru en moi.

Avant-propos

Les personnages présents dans ce roman sont entièrement fictifs, par conséquent l'auteur ne saurait être tenue pour responsable des éventuels rapprochements que le lecteur serait amené à faire avec des personnages existants ou ayant existé…

Les situations présentes dans ce roman sont entièrement fictives.

Paris
Journal de 20 heures

« Mesdames, messieurs, bonsoir. Nous sommes toujours sans nouvelle des sept acteurs disparus il y a maintenant près de cinq jours. Les ministres de la Justice et de la Culture lancent ce soir un appel à témoins. Toute personne ayant des informations sur l'une ou l'ensemble de ces personnalités est priée de contacter au plus vite le numéro spécial qui s'affiche au bas de votre écran. Une cellule de crise a été ouverte par le parquet, mais la police n'a pas souhaité s'exprimer sur les avancées de l'enquête. »

Des portraits-robots de Karen avaient été établis et, comme tout portrait-robot, aucun ne lui ressemblait. Les enquêteurs ne savaient pas par où commencer, et devaient faire face aux pressions des producteurs, des agents, des familles, des paparazzi et des fans, qui pour certains campaient devant le commissariat dans l'espoir de glaner une information. Les distributeurs demandaient des comptes aux producteurs qui devenaient fous. Le septième art était en crise.

Rosemary jonglait avec trois téléphones tout en se faisant comprendre de ses assistants par de grands gestes silencieux. Sur le fixe, elle était en relation avec le Quai d'Orsay, sur son BlackBerry, elle rassurait un producteur, et sur son iPhone, elle gérait son divorce. Rosemary avala un gobelet de café et reprit la partie. Elle en était persuadée, la disparition de John n'avait rien à voir avec celle de ces acteurs français. John était bien trop professionnel pour disparaître ainsi, et par professionnel elle entendait attaché à l'argent. Non vraiment, John avait sans doute fait une petite escapade amoureuse et réapparaîtrait quand ses bourses seraient épuisées. Rosemary espérait vraiment de tout cœur que ce sale bâtard ramène son petit cul merdeux vite fait car elle avait donné sa parole de célèbre agent à l'un des plus gros producteurs hollywoodiens que John serait en Californie la semaine prochaine.

Aux Lucioles, un bar de quartier du 18e arrondissement, chaque habitué y allait de son hypothèse. Certains affirmaient que les acteurs appartenaient à une secte qui leur avait ordonné de se suicider, d'autres penchaient pour la thèse d'Al-Qaïda, d'autres encore prétendaient qu'ils avaient été enlevés par un extraterrestre, ce qui somme toute n'était pas totalement faux. Au bout du comptoir, un habitué plus habitué que les autres regardait circuler les rumeurs, cramponné à son verre vide.

— Moi, je sais où qu'y sont…

Les autres se tournèrent aussitôt vers lui, oscillant entre méfiance et curiosité. L'habitué plus habitué que les autres n'avait pas l'habitude de prendre la parole. D'ordinaire, il cuvait en sourdine, et c'est bien pour cela que ses mots éveillèrent l'intérêt des clients. Conscient de son coup de maître, l'habitué plus habitué que les autres plissa légèrement ses paupières flétries et leva insensiblement le menton pour revêtir l'apparat du mystère. Les autres le jaugèrent, puis l'un d'entre eux rompit finalement le silence.

— Et où qu'y sont, l'vieux ?

— Je peux rien dire, c'est pour votre sécurité.

L'habitué plus habitué que les autres tenait là un scoop et il n'allait pas en faire cadeau à ces petits buveurs du dimanche. Mais le client, agacé et attisé par une telle résistance, tenta le tout pour le tout.

— Et si on te paye un coup, tu nous dis ?

L'un des clients, encouragé par les autres, dégaina un billet de dix euros qu'il présenta au barman. L'habitué dut refréner le sourire de victoire qui pointait sur ses lèvres.

— Ça… c'est à vos risques et périls.

Le barman regarda le client d'un œil interrogateur. Avec un léger pincement au cœur, ce dernier libéra les dix euros et braqua son regard sur le vieux. L'atmosphère se faisait lourde, le suspens était palpable. Lentement, le barman fit couler le liquide anisé dans le verre, puis y ajouta l'eau du robinet et un glaçon. Le client commençait à s'impatienter, mais l'habitué plus habitué que les autres lui fit signe d'attendre un instant. Alors, comme pour vérifier la qualité de la marchandise, le vieux porta le verre à son nez, un gros nez rose et rugueux certainement dépourvu d'odorat, puis il vida son verre cul sec et sans même reprendre son souffle balança un terrible « Ils sont… dans mon cul ! » avant de se fendre la poire comme un damné.

▮▮▮

Au sixième jour, une messe de soutien avait été donnée en la cathédrale Notre-Dame, en mémoire des disparus. Selon un sondage Sofres-Ipsos, 53 % des Français avaient perdu l'espoir de revoir leurs stars briller sur grand écran…

Première Partie

En préparation

Quelques jours plus tôt…

Pauvres et anonymes

Au sixième étage d'un modeste immeuble parisien, une vieille imprimante vivait ses dernières heures. Elle couinait, grinçait, pleurait toute l'encre de son réservoir, s'arrêtait par moments pour reprendre son souffle, suppliait qu'on la laisse en paix, mais son propriétaire était sans pitié, elle devait aller au bout de sa mission. Aussi les pages du scénario s'accumulaient-elles dans un horrible grincement métallique...

■■■

Michel sortit de la poste avec un soupir de satisfaction. Sur le chemin de la boulangerie, il avait élaboré des statistiques approximatives sur la probabilité d'obtenir un retour positif, et ce calcul mental l'avait empli d'espoir. Admettons que sur les quatre-vingts boîtes de prod, la moitié n'aime pas le scénario. Il en reste quarante. Sur les quarante, disons que vingt... non, allez, trente aient déjà bouclé leur budget. Restent dix producteurs. Michel irait au plus offrant, c'était la loi du marché. Bien sûr, c'était un artiste, et s'il sentait qu'un producteur lui proposait un budget légèrement – légèrement – plus serré mais avec une considération encore plus grande pour son œuvre et son talent, alors peut-être qu'il ferait un effort, effort qui en tout état de cause ne pourrait excéder une marge de cinq pour cent par rapport à l'offre de l'autre producteur. C'était décidé.

— Et je prendrai un fraisier aussi, s'il vous plaît mademoiselle.

Michel avait décidé de fêter ça. Il vivait seul. En fait, il avait toujours vécu plus ou moins seul. Il y avait bien eu cette fille, Laura, avec laquelle il était resté presque un an et demi. Mais ça n'avait pas marché entre eux. Laura voulait qu'il s'engage, que leur histoire devienne « du sérieux ». Michel avait peur du sérieux. Il avait essayé de gagner du temps, pour finalement lui balancer quelque chose du style : « Écoute, ce n'est pas toi, mais je suis dans une période où j'ai besoin de me recentrer. » Laura avait compris. C'est du moins ce qu'avait laissé supposer son « je comprends ». Ce qui était assez surprenant étant donné que Michel ne comprenait lui-même pas vraiment ce qu'il avait dit. Mais il aurait été assez déplacé de lui demander une explication. Ils s'étaient donc séparés. Laura n'avait pas souhaité le revoir. Ensuite, il avait eu quelques aventures sans lendemain, et d'autres avec lendemain voire même avec surlendemain, mais ces relations ne l'avaient jamais porté au-delà d'une semaine. Parfois, il allait voir des professionnelles. Il assumait parfaitement cette situation, mais préférait ne pas en parler parce que ce sont des choses ayant trait à l'intimité de l'individu. Non, il n'avait aucun problème avec ça, si ce n'est un problème financier. Cinquante euros la pipe, la fellation était un luxe moderne. Michel mangea son fraisier individuel devant la télé, en regardant un épisode des *Experts Miami* qu'il avait déjà vu au moins deux fois, avec le sentiment étrange de n'avoir plus rien à faire qu'à manger un gâteau devant la télé. Depuis six mois, il avait été habité par une sorte de frénésie incontrôlable, il avait écrit, raturé, effacé, supprimé, réécrit, corrigé, repris, cherché, trouvé, il s'était aimé, détesté, insulté, encensé, remis en question, et là, il n'avait plus rien à attendre de lui-même. Le calme plat. Le rien. Un peu comme un coureur de relais qui se serait entraîné intensivement pour des championnats et qui venait de passer le témoin. Il n'avait plus qu'à attendre la fin de la course. Cette image lui plaisait, même s'il n'avait jamais été très sportif : lui, sur une piste, son scénario à la main, qui le tendait à un producteur à l'ancienne qui fumait un cigare dans un costume trois-pièces…

Michel somnolait déjà.

▪▪▪

Une atroce sonnerie suraiguë extirpa Karen de son coma éthylique. Elle tâtonna mollement et saisit son portable. Un Nokia qui ne faisait ni appareil photo, ni bibande, ni Bluetooth, ni mail, mais qui captait même au fin fond du métro. « Jacqueline V. » C'était son agent. Merde ! Karen s'éclaircit la voix et prit une intonation fraîche.

— Bonjour, Jacqueline ! Tu vas bien ?

— Salut, Karen, ça va et toi ?

Si Karen avait été tout à fait honnête, elle lui aurait expliqué que ça n'allait pas très fort en ce moment, qu'on venait de lui supprimer son statut d'intermittente faute de cachets, qu'elle avait au moins trois loyers de retard, et que la raison pour laquelle elle s'était envoyé une bouteille de vodka, c'était qu'elle venait de se faire plaquer par un connard qui lui avait pourtant clairement déclaré qu'elle était la femme de sa vie… Ou peut-être de sa nuit, elle n'en était plus très sûre. Mais enfin, il avait quand même dit qu'elle avait les plus beaux nichons qu'il avait jamais vus, ça compte ça.

— Ça va super !

— Je t'appelle parce que j'ai peut-être un rôle pour toi. Alors, ils cherchent une fille un peu dans l'esprit d'Asia Argento, tu vois, une fille décomplexée, genre Uma Thurman dans *Pulp Fiction*, ça te parle ?

Karen était maintenant complètement réveillée. Bien sûr que ça lui parlait, elle adorait *Pulp Fiction*, elle connaissait la choré par cœur, les répliques, les attitudes, Mia Wallace, c'était elle putain !

— Mais évidemment que ça me parle, Jacqueline ! C'est pour un film de Tarantino ? Parce que tu sais que je suis bilingue, hein ? Jacqueline ? Qui est le réalisateur ?

— Oh là là, on s'emballe pas cocotte, y a plein de filles sur le coup. Et puis c'est pas vraiment un film, c'est plutôt... comment dire, une sorte de happening, un truc vraiment original. Qui te fera rencontrer plein de gens.

Trois jours plus tard, Karen était en body et rollers place de Clichy en train de distribuer des prospectus pour Donut Fiction, une chaîne de restauration rapide américaine s'implantant en France. Pour cela, elle aurait dû être payée deux cents euros brut par jour ainsi qu'une caisse de beignets, mais c'était sans compter sur ce léger accrochage avec le « directeur de casting » qui avait voulu s'assurer de la fermeté de ses seins. Finalement, elle n'avait pas terminé la journée mais avait quand même empoché l'intégralité de son cachet. Jacqueline, ayant eu un mauvais retour du cast manager, avait procédé à une petite mise au point avec sa comédienne.

— Dans ce métier, ma belle, il faut être coopérative. Moi, je suis là pour te propulser, mais si tu n'y mets pas un peu du tien, c'est sûr qu'on n'y arrivera pas. Tu crois vraiment qu'Angelina Jolie aurait eu ce genre de réaction ? C'est dans ce genre de situation qu'on reconnaît une vraie professionnelle, Karen. Tu penses être une vraie professionnelle, Karen ?

Karen prit un instant de réflexion pour s'interroger sur la véritable signification du terme « professionnelle ». Mais Jacqueline ne lui laissa pas le temps de répondre.

— Écoute, mon poussin, moi j'ai envie de croire en toi, je sens un potentiel, et je me trompe rarement sur les gens. Je sens ce potentiel chez toi comme je l'ai senti chez Julia. Julia Roberts. Je me souviens qu'à l'époque elle doutait, tout comme toi, et je lui ai tenu le même discours, et regarde où elle en est aujourd'hui ! Bon, écoute, je vais te donner encore une chance… Attends, je te rappelle, j'ai Spielberg sur l'autre ligne.

■■■

11 h 08. Michel intercepta le facteur devant la boîte aux lettres. Cela faisait plusieurs semaines maintenant que ce petit jeu durait. Aujourd'hui, Michel récoltait deux factures et trois réponses. Les Films du poisson, les Films de la lune et les Films du caillou. Il adressa un sourire poli au facteur et grimpa rapidement les cinq étages. Il posa EDF et la mutuelle sur la table de la cuisine et emporta tous ses espoirs au salon.

Cher Monsieur,

Nous avons parcouru avec intérêt le scénario que vous nous avez fait parvenir. Malheureusement, eu égard au grand nombre de demandes qui nous sont adressées, nous ne l'avons pas retenu pour nos futures productions.

Nous vous prions de croire…

Bla-bla-bla…

Les deux autres courriers étaient du même cru. EDF, par contre, avait retenu avec attention l'erreur qu'il avait sciemment commise lors du relevé des compteurs.

Michel se dirigea vers le frigo. Il raya trois noms sur une liste de quatre-vingts, contempla un instant les deux possibilités restantes, jeta un coup d'œil à sa montre. Merde, il était en retard. Il enfila son imperméable beige, prit un parapluie et se précipita dehors.

Le bureau était exigu, à l'image de son occupante. Michel tenta une approche séductrice : compliments, sourires. Mais son interlocutrice était rigide comme l'administration et ne démordait pas de sa position.

— Monsieur Mouton, j'ai été très surprise en relisant votre dossier de ne pas y trouver vos attestations de recherche d'emploi sur les deux dernières années.

— En effet, j'ai pris une sorte d'année sabbatique à rallonge.

Michel tentait de dérider « Lise Minchard » (c'est ce qu'indiquait son badge), mais il ne pouvait que constater que ça ne prenait pas.

— Une sorte d'« année sabbatique à rallonge » ?

— Oui, en fait je suis écrivain. Enfin, auteur. Scénariste plus précisément…

Chaque terme semblait rebondir sur Lise Minchard, c'était comme lancer de l'eau sur un imperméable.

— Je suis un artiste, si vous préférez. Tenez, je vous ai apporté un exemplaire de mon scénario.

Michel posa délicatement les pages reliées sur le bureau de Lise, qui ne daigna même pas poser le regard dessus. Michel avança un peu l'exemplaire en signe d'incitation, mais le regard fixe de l'administratrice l'arrêta net dans son geste.

— Un artiste? Monsieur Mouton, vous êtes rédacteur en assurances. Vous n'êtes pas un artiste.

— Oui, bien sûr, j'ai une formation de rédacteur en assurances, mais comment vous expliquer... C'est comme si je m'étais réveillé, vous voyez? Ces deux dernières années, j'ai eu le sentiment d'avoir trouvé ma vocation, d'ailleurs plusieurs boîtes de production sont intéressées par mon scénario vous savez. Bien sûr je me donne le temps de la réflex...

— Monsieur Mouton, seriez-vous en train de m'expliquer que vous avez arrêté toute recherche d'emploi depuis deux ans, et que vous financez votre glandouillage avec l'argent du contribuable ?

— Je crois que vous ne comprenez pas bien, madame, ce que je veux dire, c'est que je suis...

— Non, je crois que c'est vous qui ne saisissez pas bien l'enjeu de cet entretien, monsieur Mouton.

Michel sortit de l'ANPE délesté de toute pression sociale. Il ne savait pas que l'on pouvait se faire virer quand on n'avait pas de boulot. Toutes ses certitudes étaient ébranlées. Et comme un bonheur n'arrive jamais seul, les deux dernières boîtes de prod lui avaient laissé un message de refus qu'il écouta cinq fois de suite en rentrant. Le destin s'acharnait-il sur lui, ou s'agissait-il d'un concours de circonstances?

Pour Michel, c'était plutôt les circonstances qui faisaient un concours.

Très bien. Ils ne voulaient pas de lui, il n'avait pas besoin d'eux. Il allait le faire son film bordel, c'était son film. Son film.

▪▪▪

Michel se regarda dans la glace, il n'avait pas bonne mine, il n'avait pas dormi de la nuit. Il fallait qu'il voie François absolument. Il avait retourné le problème dans tous les sens, et il n'y avait plus qu'une seule solution : monter le film lui-même. Après avoir parcouru plusieurs sites Internet qui expliquaient comment se lancer, et fort de ses recherches, il s'était mis en tête de financer lui-même son projet. Il n'avait pas besoin d'avoir de l'argent lui-même, de nombreux blogs lui avaient confirmé que les producteurs n'investissaient que rarement dans les films qu'ils produisaient. Non. Il s'agissait plutôt de jongler avec les banques, les prêteurs spécialisés et les aides multiples à cumuler. Imbibé de caféine, Michel voyait la vie de façon beaucoup plus optimiste et bien plus simple. L'avenir était radieux, rien à foutre de toutes ces boîtes de prod, il allait devenir le number one, chier le plus gros carton au box-office jamais réalisé, et enculer tous ces connards qui l'avaient rejeté. Le café le rendait vulgaire, il en reprit une tasse.

Quelle heure était-il ? Neuf heures. Michel prit rendez-vous auprès des établissements financiers cités sur le blog d'un certain SkYYneptUnOo. Il n'avait pas une seconde à perdre. Trois d'entre eux acceptèrent de le recevoir. Il lui faudrait fournir un devis, ainsi que toutes les garanties qu'il pourrait apporter… enfin, un dossier solide.

C'est pourquoi il fallait qu'il voie François. François était l'homme de la situation. Après de brillantes études à HEC, il avait embrassé une carrière de montages financiers option évasion fiscale. Michel et François s'étaient rencontrés à l'occasion d'un stage de récupération des points sur le permis de conduire. Ils avaient tout de suite sympathisé. François était un optimiste, un de ces types qui voient toujours la bouteille à moitié pleine, même lorsqu'elle est vide. Il avait raconté à Michel certaines affaires sur lesquelles il avait travaillé, et comment il avait réussi à vendre des sociétés en faillite à des investisseurs étrangers. Ce mec était doué. Michel était impressionné. En fait, Michel pensait souvent que s'il avait dû être quelqu'un d'autre, il aurait aimé être François. Il aurait eu confiance en lui, il n'aurait pas eu peur de s'engager avec Laura, et il pourrait avouer à Karen qu'il l'aime ou, en tout cas, il aurait au moins le courage de l'inviter à dîner. François avait une femme, Beth, une Américaine rencontrée lors d'un deal sur NY. Beth était une femme élégante, raffinée, une mère épatante et une épouse remarquable. Michel ne pouvait s'empêcher de se projeter dans la vie de François, avec Karen dans le rôle de Beth. Karen aussi serait une mère épatante et une épouse parfaite. Sans doute un peu moins élégante, mais aussi moins coincée, et Michel était sûr de gagner au change. Ils auraient eux aussi deux enfants, qui leur ressembleraient, et… et l'interphone sortit Michel de sa douce rêverie.

— Michel, c'est Karen, ouvre s il te plaît !

Michel passa la main sur ses lèvres. Il faisait souvent ce geste lorsqu'il devait réfléchir. Il appuya sur le bouton puis jeta un coup d'œil circulaire à la pièce pour constater l'ampleur des dégâts. Cela faisait un bail que personne n'était venu chez lui, et son appartement semblait avoir été cambriolé par des punks sous ecstasy. Le bip de la porte d'en bas retentit. Michel disposait d'une minute avant que Karen ne frappe chez lui, une minute qu'il fallait utiliser au mieux pour gérer la situation. Michel se jeta sur l'alcool. Il balança les bouteilles vides dans un sac-poubelle, et dans le même mouvement vida quelques cendriers, attrapa la liste du réfrigérateur et l'enfourna aussi dans le sac. Plus que trente secondes. Michel, encore en caleçon, enfila un peignoir et se passa de l'eau sur le visage – pas le temps de se raser. Il lui restait quelques secondes, à peine le temps de cacher la vaisselle sale dans le four que déjà le toc toc toc. Toutes les traces de sa vie dissolue n'avaient pas disparu mais s'il en avait masqué la moitié, c'était déjà ça.

— Salut, Karen ! Tu vas bien ?

— C'est la merde, Mitch, j'en ai plein le cul de tous ces castings à la con !

Assurément moins raffinée que Beth, mais tellement plus vivante…

— J'en ai marre, je suis une actrice moi tu vois? J'en ai marre qu'on me pelote comme si j'étais... comme si j'étais... une figurante. Je mérite mieux. Je mérite un vrai rôle. Je ne suis pas une fille prétentieuse ou quoi, c'est pas la question, même si mon agent, qui est une véritable professionnelle tu vois, c'est elle qui a découvert Julia. Julia Roberts. Eh bien, mon agent pense que j'ai du talent, et je la crois tu vois, parce que c'est une véritable professionnelle, et qu'elle sait déceler le talent là où il est. Pourquoi est-ce qu'elle me dirait ça si elle ne croyait pas en moi? Je veux dire, si elle ne croyait pas vraiment en moi? Et puis il y a aussi...

Karen s'arrêta net et regarda autour d'elle. Michel retint son souffle. Allait-elle partir en courant, effrayée par le décor de l'homme célibataire? Les femmes sont des êtres fragiles, qui peuvent se sentir en danger à la vue de... Oh putain, à la vue de chaussettes sales, ou de ces oranges pourries qui exposent leur moisissure sur la cheminée. Il aurait dû engager cette femme de ménage asiatique qui lui avait proposé un tarif très attractif. Après tout, il n'était pas à trente euros près, bien que cet avis ne soit pas partagé par son banquier.

— Je te dérange?

Michel regarda à son tour l'appartement. Qu'est-ce qui pouvait lui faire penser qu'elle le dérangeait? Peut-être l'interrompait-elle dans une séance de grand nettoyage de printemps?

— Non, pas du tout.

— OK, non parce que tu vois, je suis un peu perdue. Je ne suis pas sûre d'être faite pour ce métier, j'ai peur que ce soit trop difficile. Et en même temps je suis jeune, je n'ai que dix-huit ans, c'est normal d'avoir peur à cet âge…

— On a pas fêté tes vingt-trois ans en septembre ?

— C'est mon âge d'actrice. Si on te demande, j'ai dix-huit ans, dix-huit. On t'a demandé quel âge j'avais ?

— Heu… non.

— OK. Mais si on te demande…

— Tu as dix-huit ans.

— Exactement. Ça rentre vite ! Tu pourrais travailler dans le cinéma.

Michel n'avait pas parlé à Karen de son projet de scénario ni rien de tout cela. Pour elle, il était un rédacteur en assurances au chômage, comme pour le reste de la société d'ailleurs. Et encore, même plus au chômage. Pour le reste de la société, il n'était plus rien, si tant est qu'il ait jamais été quelque chose.

— Ton casting s'est mal passé ?

— Mal passé ? Tu rigoles ou quoi ? Le mec m'a à moitié violée dans l'entrepôt !

— L'entrepôt ?…

— Je pensais que tu tilterais sur « violée ».

— C'était pour quel genre de film ?

— En réalité, c'était pas exactement pour un film. Plutôt une exhibition…

— Dans un entrepôt ?

— OK, OK. Je faisais de la promotion pour du camembert bio. C'est un bon produit. C'est bio.

Karen ouvrit son sac, duquel se dégagea une odeur asphyxiante. Il y avait pas moins d'une dizaine de camemberts bio là-dedans.

— T'en veux ? Je les mangerai pas tous.

— Non, ça ira. Mais tu devrais pas faire des castings plutôt ? Enfin pour des films je veux dire ?

— Hé hé, ola ola, je te vois venir. Je suis pas ce genre de fille qui fait n'importe quoi, qui accepte toutes les propositions sans réfléchir. Ce genre de prestation, ça fait partie du plan.

— Du plan ?

— Mon agent m'a fait un plan de carrière. C'est comme ça que les plus grandes actrices ont commencé. Si t'as pas de plan, c'est foutu d'avance. Ça fait partie du plan. Tu commences par être exposée, que les gens te voient, c'est important d'avoir une aura populaire. Ensuite, tu te fais remarquer par un producteur, ou un réalisateur, enfin quelqu'un d'important qui travaille dans le cinéma. Il te repère, il est séduit. Toi, tu dis que tu n'as jamais pensé au cinéma, mais que pourquoi pas. Ils ont l'impression de te découvrir comme ça, ça les flatte, c'est étudié.

— Et ensuite ?

— Bah, ensuite ils te confient un rôle, dans lequel tu t'investis pleinement, tu mets toute ton âme, et le public reconnaît en toi son idole. Tu deviens populaire, tu fais vendre, les gens t'aiment. Ensuite, il faut faire les bons choix, c'est là que mon agent intervient. C'est elle qui négocie les films et les tarifs. Parce que ce n'est jamais bon d'être en relation directe avec ces gens-là. Ce sont des requins, et moi je suis une artiste.

— Je vois… Et le coup de l'entrepôt, c'est dans le plan ?

— Non, ça, c'était pas prévu. Ce sont des choses qui arrivent dans le métier. Il faut savoir improviser dans toutes les situations.

Michel et Karen marquèrent une longue pause. Pas de celles où l'on ne sait pas quoi dire, là il s'agissait plutôt d'un moment de réflexion. Karen se demandait si cette histoire de plan valait quelque chose. Mais Jacqueline lui avait tellement répété qu'il lui fallait croire en elle avant que les autres ne puissent croire en elle qu'elle ne voulait pas laisser de place au doute. Michel, lui, pensait au moment où il annoncerait à Karen qu'il avait un rôle pour elle. Elle n'en reviendrait pas. Dans un premier temps, elle penserait qu'il blague, puis elle réaliserait et serait folle de joie. Elle lui sauterait au cou et l'embrasserait fougueusement. Ils deviendraient un couple branché, engageraient la femme de ménage asiatique, et vivraient dans le luxe des projecteurs.

■■■

Michel finit par s'endormir sur le canapé. Quand il se réveilla le lendemain, Karen n'était plus là. Elle lui avait laissé un petit mot, ou plus précisément un petit Post-it rose en forme d'étoile, qui disait : « Fais de beaux rêves ! On se *call back.* » Ce morceau de papier eut un effet euphorisant sur Michel, qui décida, après une bonne douche, de passer à l'action. Il appela François pour le prévenir de son arrivée, mais personne ne répondait. Il choisit donc de passer à l'improviste. François habitait dans le 8e, au cinquième étage avec ascenseur, parquet, moulures et balcons. Michel sonna une première fois. Pas de réponse. Il réitéra son geste, sachant que parfois, lorsqu'il était à l'autre bout de l'appartement, François n'entendait pas la sonnette. Il appuya plus longtemps. Toujours rien. Michel allait partir lorsqu'il entendit un bruit sourd à l'intérieur de l'appartement. Il sonna pour la troisième fois. Cette fois, la porte s'entrouvrit. C'était François. Oui, c'était François, mais avec la plus sale gueule qu'il ait jamais eue.

— Salut, François, je te dérange ?

François était en peignoir. Il soupira un non lascif et sans énergie. Michel ne l'avait jamais vu dans cet état. D'habitude, François lui sortait toujours une petite plaisanterie puérile et lourdingue, quelque chose qui fait rire malgré soi. Mais là...

Michel pénétra dans l'appartement et le trouva vide. Tous les meubles avaient disparu, les tableaux, les canapés, les tables, les chaises, rien, il ne restait rien que les murs et la cheminée en marbre. Au milieu du salon, un tabouret était renversé, et à côté gisait une cordelette qui avait dû être accrochée à l'emplacement du lustre. Comment réagir ? Une vague ambiance de gêne s'installa dans la pièce.

François tenta de bafouiller une excuse du genre : je voulais changer une ampoule, puis lâcha le morceau. Depuis six mois, il travaillait sur un gros coup. Il avait mis de côté sa vie familiale et sociale pour cette affaire. Comme dans toutes les affaires, il avait dû arranger un peu la vérité, falsifier quelques documents comptables pour lifter la société. Mais un inspecteur était venu mettre son nez là-dedans et avait tout découvert. François n'était pas le seul à avoir manipulé les informations financières, mais les autres responsables du groupe s'étaient arrangés pour lui faire porter le chapeau. François avait alors menacé de les dénoncer. Le compromis avait été d'étouffer l'affaire, et il avait dû remettre sa démission pour éviter la prison.

François, comme un vieux disque rayé, ne s'arrêtait plus de répéter qu'il était un raté.

— Un raté, un raté, je suis un raté. De toute façon, Beth était trop bien pour moi. Elle avait rien à faire avec un raté. Je suis qu'une merde. Même pas capable de me suicider correctement. J'ai tout raté dans ma vie. Je suis un raté.

Michel retint François une ou deux fois alors qu'il tentait de remonter sur le tabouret. La situation était à la fois tragique et ridicule. Voir ce grand type charismatique s'écrouler comme une petite chose fragile. C'était touchant. Et quelque part, au plus profond de son inconscient, Michel se sentait rassuré de voir que l'échec n'était pas son domaine exclusif. Et puis François n'était pas un looser complet, il conservait quand même son vaste appartement haussmannien.

— Mais enfin François, non, tu n'es pas un raté, regarde autour de toi, la plupart des gens ne pourront jamais s'offrir un appart comme le tien !

Mais François s'écroula de nouveau sur l'épaule de Michel.

— Il est mis aux enchères.

Vu sous cet angle-là, François avait quand même un peu l'air d'un raté. Mais Michel était son ami, et il était là pour lui.

— C'est la richesse intérieure qui importe.

François se redressa soudain, comme choqué par l'affirmation.

— Ça, c'est typiquement une phrase de pauvre, je ne veux pas être pauvre, je ne veux pas être un raté.

D'un bond, il sauta sur ses pieds et commença à faire les cent pas. Cette résurrection spontanée était réjouissante mais également un peu effrayante. François s'agitait dans tous les sens, remuait les bras en l'air.

— Je ne suis pas un raté, je ne suis pas un raté, non, je ne suis pas un raté !...

Michel se demanda s'il n'y avait pas une explication médicale à ce genre de réaction : un syndrome montagnes russes ou une connerie dans le genre, parce que si c'était juste un rétablissement, il méritait le *Guinness des records*.

François continuait de gesticuler lorsqu'il s'arrêta net et se retourna vers Michel.

— Il faut que je me refasse.

Il avait prononcé ces mots avec une conviction incroyable. Ses lèvres étaient serrées, un peu comme lorsque Robert De Niro dit : « *You fucked my wife.* » Ce genre de conviction. De détermination, même.

— Il faut que je me refasse, il faut que je me refasse, il faut que je me refasse… tac tac tac… T'as pas une idée, toi ?

Michel était un peu surpris d'appartenir tout à coup à la conversation. Était-ce le bon moment pour lui parler de son projet ? Assurément oui. Si François retombait dans sa léthargie pleurnicharde et suicidaire, Dieu sait s'il aurait une autre occasion de lui en parler.

— Eh bien, en fait, c'est pour ça que je venais te voir… J'ai un projet qui pourrait peut-être t'intéresser, mais je ne suis pas sûr que…

François releva le tabouret et s'assit dessus en se penchant vers Michel.

— Je savais que je pouvais compter sur toi, Mich'.

Michel détestait qu'on l'appelle Mich'. Bien sûr, ce n'était pas aussi terrible que « Michou », mais c'était tout à fait insupportable. Généralement, il reprenait François sur un ton assez glacial, qui le dispensait du sobriquet pendant quelques heures, mais en la circonstance, Michel fit comme s'il n'avait rien entendu et commença à expliquer la situation à François, qui se tortillait sur son tabouret chaque fois que Michel prononçait le mot « budget » ou « devis ».

■ ■ ■

À l'autre bout de la ville, aux Lucioles, un bar de quartier, Robert, dit « Bob » puis « Bob l'éponge », commanda un autre pastis que Lucienne, dite « Lulu », la tenancière du bar et accessoirement sa petite amie, lui refusa. Bob tenta en vain de prendre sa propre défense, mais l'alcool lui avait engourdi la mâchoire et sa plaidoirie ressemblait à un vomi de mots qui se transforma bientôt en vomi tout court. Lulu le monta jusqu'à chez elle, et l'allongea sur le lit. Il ronflait bruyamment et cela la fit sourire. Elle l'aimait bien, Robert, même si parfois elle avait envie de partir loin, de tout quitter sans rien dire à personne. Elle s'en irait dans les îles et servirait du lait de coco. De temps à autre, elle posterait une carte aux Lucioles qui dirait : « *Aloha,* les amis, je pense à vous. » Ou alors elle ne posterait rien et oublierait tout de sa vie passée. Elle serait une femme mystérieuse, oui, mystérieuse. Comme dans ces films où l'héroïne a subi un lavage de cerveau et ne se souvient plus de son passé. Ce serait pareil. Sauf que là, elle se souviendrait de tout et ne dirait rien à personne, ce serait son secret à elle et elle mourrait avec. Lulu trouvait cette idée follement romantique, de mourir avec le secret de sa vie. Tout le monde se demanderait qui elle était, ce qui l'avait poussée à venir dans les îles. Les gens échafauderaient des théories, les ragots iraient bon train, certains penseraient qu'elle avait été le témoin capital d'une grosse affaire politique l'obligeant à changer d'identité, d'autres spéculeraient sur les crimes qu'elle avait commis dans son autre vie... et elle ne démentirait personne. Elle serait au cœur des conversations, elle serait une énigme à elle toute seule. Un grognement de Bob la ramena à la réalité. Elle ferma la porte et retourna au bar.

— Fermeture, tout le monde dehors, allez !

Les trois clients protestèrent, mais ne firent pas de difficulté pour partir. Au point où elle en était de son bilan, Lulu n'était plus à trois clients près. Avec la crise, les gens consommaient moins, même les alcooliques avaient mis le holà sur la boisson. L'année dernière avait été tout juste rentable, mais cette année, Les Lucioles étaient dans le rouge, sans mauvais jeu de mots. La fin était proche, et Lulu le savait. Elle n'en avait pas parlé à Bob, à quoi ça servirait de l'inquiéter, il ne pouvait rien y faire, ce pauvre Bob, il avait déjà assez de problèmes comme ça. Et puis elle s'était toujours démerdée toute seule. Presque du jour de sa naissance, celui où on l'avait abandonnée au pied d'une église.

En baissant le rideau de fer, elle se demanda si elle voudrait être mère un jour. Il ne lui restait plus beaucoup de temps. Longtemps elle avait pensé ne jamais avoir d'enfant, mais maintenant que le point de non-retour approchait, elle se posait des questions. Lulu s'alluma une clope et se servit un verre de vin blanc, puis se posa au bar. Il faudrait qu'elle arrête de fumer si elle voulait un enfant. De boire aussi. Pas de clopes, pas d'alcool, elle serait une mère bio, comme celles qu'on voit dans les pubs à la télé. Son père aussi, il faudrait qu'il arrête de boire. Bob n'avait jamais fumé, il avait tout misé sur le pastis. Elle ne le catégorisait pas parmi les alcooliques, elle les connaissait les alcooliques, Bob n'était pas l'un d'eux. Il faisait partie des désespérés, ce qui tout compte fait n'était pas forcément mieux. Mais elle savait que si la roue tournait pour lui, il pourrait être un bon père. Sauf que la roue, pour l'instant, était bloquée dans la merde.

Lulu écrasa son mégot dans un cendrier Lucky Strike et monta dans sa chambre. Elle récupéra son vanity case et s'installa devant la glace. Lulu avait toujours eu une passion pour le maquillage. Certains aiment Rembrandt, Van Gogh ou Andy Warhol, elle, c'était Chanel, Shu Uemura et parfois, elle le confessait, un simple Bourgeois. Chez les sœurs, elle n'avait pas droit au maquillage. Mais elle y consacrait tout son argent et, le week-end, elle maquillait toutes ses copines de dortoir pour sortir. C'était vraiment bien cette époque. Pas aussi bien que si elle avait eu une vraie famille, mais bien quand même. Un jour, la mère supérieure avait découvert sa planque et avait cassé toutes ses palettes. Elle aurait pu se contenter de lui confisquer, mais non, elle les avait cassées. Lulu se souvenait très bien de ce moment, de la poudre multicolore qui se répandait par terre et se mélangeait à ses larmes. Elle se souvenait des tubes de rouge à lèvres que mère Thérèse avait écrasés un à un. Elle se souvenait aussi que mère Thérèse avait dit que c'était l'œuvre du diable ou un truc dans le genre.

Elle devait être morte maintenant la Thérèse, et Lulu espérait bien qu'elle soit en enfer. Parce qu'elle le valait bien. Lulu n'avait jamais aimé la religion, quelle qu'elle soit. Pour elle, Dieu était comme un père Noël pour adultes, sauf qu'il n'apportait pas de cadeaux. Un jour, on nous dit : « Ne sois pas stupide, tu crois vraiment qu'il existe un mec dans le ciel habillé en rouge ? Allons, réfléchis deux secondes, t'es pas con, ça n'existe pas le père Noël. » Eh bien, Dieu, c'est pareil, sauf qu'il est en slip.

Riches et célèbres

Installé dans un grand hôtel parisien, John donnait des interviews à la chaîne et répétait avec un flegme britannique que son dernier film n'était pas une vulgaire comédie romantique mais une « narration sentimentale ». Le réalisateur avait eu l'idée de cette formule peu après la fin du montage, et avait donné des consignes à John pour intellectualiser ce qui n'était rien de plus qu'une histoire de cul sur fond de bouquet de roses. Aussi l'acteur employait-il son cachet exorbitant à répéter que les scènes érotiques étaient la projection d'une profonde interrogation sur le sentiment humain, au sens d'asservissement psychologique *via* une possession physique brute. En bon acteur, il avait appris cette phrase par cœur, avec un sourire sur le « humain » et une légère hésitation naturelle sur le « physique brute », qui rendait son discours irrésistible.

— Aviez-vous une certaine appréhension à tourner ces scènes de nu, John ?

— En vérité, même après une carrière aussi riche que la mienne, l'appréhension est toujours là, vous savez, c'est une émotion violente que de perdre son identité pour entrer dans le corps et l'âme d'une autre personne, de se découvrir, et d'offrir son corps nu, ruisselant de plaisir, à des spectateurs que l'on ne connaît pas, mais que l'on aime...

John s'écoutait parler, et marquait de temps à autre quelques arrêts pour vérifier l'impact de son verbe sur son interlocutrice, conquise, comblée, anesthésiée par tant de superbe. Tel un gourou, il endoctrinait la journaliste à grands coups de sourires intellos, et cela le grisait d'imaginer sa petite culotte toute mouillée de désir. Mais John, en professionnel, savait pour avoir bien trop souvent fait la une de la presse à scandale que son statut de superstar internationale ne lui permettait pas de butiner une journaliste. De toute façon, ce soir, John n'était pas d'humeur. Il se sentait mélancolique.

Après avoir arpenté sa chambre d'hôtel à la recherche d'une sortie de secours à ses problèmes, il décida d'affronter la réalité en face et s'installa devant un miroir. Il observa longuement les traits de son visage, étudia scrupuleusement chacune de ses rides, ses lèvres, ses dents, et finit par se regarder droit dans ces fameux yeux bleus tristes qui faisaient son charme. Demain, il aurait cinquante ans, même si officiellement il n'en annonçait que quarante-cinq... Cinquante ans, putain ! Son parcours de play-boy était-il déjà derrière lui ? Sa vie était-elle passée si vite que ça ? Il se recoiffa sans conviction et se servit un scotch sans glace. John savait que ce film était une merde, une putain de grosse merde de comédie romanticopornographique, qui ravirait de joie les adolescentes en chaleur comme leurs mères qui rêveraient à lui pendant que papa les bourrerait grossièrement dans l'intimité d'une couette fleurie. Mais Johnnie n'avait pas le choix, il lui fallait entretenir cette image de bellâtre touché par le spleen. Son agent avait bien essayé de le proposer pour des rôles plus sombres, plus « intéressants » comme on dit dans le métier, mais chaque fois, la même réponse : « Tu es gééééniail, John, les gens t'aaadorent, tu as le monde à tes pieds, mais tu es un séducteur, tes fans veulent te voir séduire, conquérir, faire chavirer les cœurs, vivre des histoires d'amour, avec un grand A, et pour ça tu es le meilleur ! C'est là qu'est ta place ! » Mais justement, ce soir, John ne savait plus très bien où était sa place. Il avala un Lexomil avec son deuxième scotch, histoire de rajeunir de quelques années, et s'endormit en rêvant à des jours plus sombres, où il pourrait enfin incarner un meurtrier psychopathe égorgeur d'enfants et écorcher son image de gendre idéal.

■■■

Au même instant, Danièle incendiait par téléphone sa styliste, qui était en train d'accoucher. En kimono de soie fuchsia, Danièle errait dans son dressing-room, et jetait des regards désespérés sur les trois mille pièces de collection qui pendaient devant elle.

— Mais je m'en contrefiche que vous accouchiez, Estelle, on a tous quelque chose à faire ! Moi, j'ai le défilé Chanel ce soir par exemple, vous voyez !

La pauvre Estelle, les jambes écartées, passait virtuellement en revue la garde-robe de sa patronne, tout en gérant des contractions de plus en plus rapprochées.

— Essayez la robe jonquille Marc Jacobs, s'exclama-t-elle haletante, alors que la sage-femme l'encourageait à grand renfort de « poussez ! POUSSEEEEZ ! ».

— Qu'est-ce que vous dites ? Je n'entends rien, il y a une furie qui hurle derrière vous, faites-la taire bon sang !

— La robe jonquille Marc Jacobs, elle ira très bien avec la parure Cartier, et votre balayage été champêtre.

Danièle avait disposé le tissu et les bijoux sur le lit de son dressing et contemplait le résultat avec satisfaction. Elle entendit un hurlement de bébé puis un lointain « C'est une fille ! », avant de balancer un nonchalant :

— Bon, ça ira pour ce soir.

Danièle avait eu deux enfants, un garçon et une fille, ce qui lui semblait théoriquement parfaitement équilibré, un peu comme un repas composé d'un poisson et d'un légume. En pratique cependant, elle n'avait jamais eu l'instinct très maternel. Pourtant, ses maternités lui avaient permis d'obtenir des rôles plus matures, des rôles de mère, et en cela elle ne manquait pas de remercier ses enfants pour chaque prix qu'on lui remettait. La robe était trop serrée, mais avec l'aide de sa gouvernante, Danièle parvint à l'enfiler. Elle n'avait rien avalé depuis deux jours, mais se donnait l'impression d'un boudin. Grosse, vieille et moche, voilà ce qu'elle était. Mais bonne actrice, la meilleure à ce qu'on disait. Alors elle enfila aussi son plus beau sourire et, en toute simplicité, prit son sac et s'éloigna dans une limousine avec chauffeur. Elle se rendit seule au défilé. Non pas qu'il n'y ait pas d'hommes pour l'accompagner, il lui aurait suffi d'un claquement de doigts pour trouver un cavalier à la hauteur, mais elle aimait parfois montrer qu'elle était une femme indépendante, qui n'avait besoin de personne pour apprécier la nouvelle collection Chanel. Et puis, les hommes, elle les connaissait par cœur, elle en avait goûté de toutes sortes, avec souvent la sensation d'avoir déjà feuilleté le magazine, et elle aimait se retrouver avec elle-même, car, depuis bien longtemps, Danièle avait compris que dans la vie on ne trouve meilleur allié que soi-même.

Le défilé était ma-gni-fique! Danièle avait envie de tout acheter, comme une petite fille dans une boutique de bonbons. Mais si, enfant, elle payait ses bonbons, aujourd'hui elle était devenue « Danièle », et c'étaient les autres qui la payaient pour qu'elle porte leurs bonbons.

À côté d'elle ce soir-là se trouvait une jeune actrice, Bikini, une de ces égéries encore en âge de manger des bonbons. Elles avaient échangé quelques mots, s'étaient flattées mutuellement comme le veut l'usage et avaient fini par sympathiser, toutes proportions gardées bien entendu. La jeune Bikini rentrait des États-Unis avec dans ses bagages un nombre incalculable de trophées, elle fourmillait de projets, sortait avec l'un des acteurs les plus en vue, et venait de fêter ses trente ans avec un plaisir juvénile. Danièle repensa à cette époque de sa vie où elle aussi avait le monde à ses pieds et sa jeunesse droit devant elle. Aujourd'hui, le monde était toujours à ses pieds.

Le cocktail qui avait suivi était exquis. Danièle avait discuté avec quelques personnalités familières, et accepté une ou deux invitations mondaines, de celles dont on se doit d'être. Secrètement, Danièle aurait préféré rester chez elle, à regarder un bon film en dégustant des macarons griffés, quelques religieuses au chocolat, ainsi que des cookies Laura Todd. Perdue dans ses pensées sucrées, Danièle n'avait pas remarqué la présence de son ennemie jurée, Olga. Olga avait six ans de moins qu'elle et un homme à son bras. Dès qu'elle l'eut aperçue, Danièle s'éclipsa. Elle n'avait pas envie de jouer l'hypocrite, pas ce soir. Une overdose passagère de représentations peut-être. Danièle avala trois ou quatre petits-fours à l'abri des regards, puis sortit attendre sa voiture en fumant une cigarette. Il pleuvait ce soir-là. Elle se dit que si la voiture arrivait rapidement et qu'il n'y avait pas d'embouteillages, ce qui devrait être le cas étant donné l'heure tardive, elle pourrait être rentrée chez elle pour la rediffusion du troisième épisode d'*Island Survivors*. Danièle avait toujours aimé la télévision. Les séries, américaines de préférence, les talk-shows pathétiques, et par-dessus tout la télé-réalité. Bien sûr, elle se cachait de ce penchant honteux dans le milieu du cinéma, mais dès qu'elle avait un peu de temps, ce qui était souvent le cas ces dernières années, elle s'installait bien confortablement dans son divan avec un plateau-télé plein de pâtisseries et de sucreries, allumait l'écran, et savourait son plaisir. Il lui arrivait souvent de voter pour son candidat favori, et de commenter à haute voix et la bouche pleine le spectacle. Danièle regardait tout, tout ce qu'elle pouvait, et n'en avait jamais assez. La plupart du temps elle s'endormait devant la télé, laissant à sa gouvernante le soin de venir la débarrasser et d'éteindre son écran plat. Danièle ne devait pas être la seule, mais, comme elle, les autres membres de cette diaspora anonyme prenaient un air méprisant dès que les termes « télévision » ou « télé-réalité » surgissaient dans une conversation.

— Danièle !!!

Cette voix rauque, Danièle l'aurait reconnue entre mille. Olga. Évidemment, elle devait l'avoir repérée dès le début, et ne voulait pas laisser échapper la chance de lui démontrer sa supériorité.

— Olga !!! Mais quelle surprise ! Je ne savais pas que tu étais là ce soir !

— Eh bien, normalement je ne pouvais pas, je travaille sur un énorme projet, un truc américain dont je ne peux pas parler, tu connais les Américains… mais je me suis dit que je ne pouvais pas manquer ce défilé ! N'était-ce pas ma-gni-fique ?

— Ma-gni-fique, vraiment !

Du coin de l'œil, Danièle aperçut sa voiture qui s'avançait et pensa pouvoir échapper aux griffes de l'horrible Olga, mais sa rivale était bien décidée à la retenir, d'autant plus qu'elle devait avoir perdu au moins deux tailles et portait une robe rouge moulante qui, même si Danièle la trouvait affreusement vulgaire, il fallait le reconnaître, lui allait à ravir.

— Il faut absolument que je te présente quelques amis à moi, reste un peu, nous avons si peu l'occasion de nous voir !

Danièle détestait cette façon qu'avait Olga de vouloir l'introduire dans le monde comme si elle était une débutante qu'elle prenait sous son aile. Sa carrière était bien plus riche que celle d'Olga, et puis elle connaissait tout le monde à cette soirée… enfin, tous les gens à connaître !

— C'est très gentil à toi, Olga, mais je dois vraiment rentrer…

— Ahah, un amant secret t'attend à la maison ?

Danièle cherchait une repartie qui ferait mouche, mais Olga ne lui en laissa pas le temps.

— Écoute, Danièle, je ne veux pas insister mais ça me ferait vraiment plaisir que tu restes quelques minutes.

Bien joué! Si elle refusait, elle passerait pour la méchante ou, pire, pour la vieille qui a besoin de sommeil. Sans compter qu'il lui faudrait attendre la prochaine redif d'*Island Survivors* pour savoir qui le feu de camp allait éliminer… Mais Danièle n'avait pas le choix.

— Quelques minutes alors…

■■■

Bikini s'était éclipsée juste après avoir salué Carlos. Elle pensa à Hadrien, son petit ami, qui partait bientôt pour un tournage de six semaines à Hong Kong. Elle comptait bien embarquer avec lui. Pour cela, elle avait pris des cours de gymnastique orgasmique dont elle comptait vérifier l'efficacité ce soir. Ce tournage ne l'enchantait guère. Bien sûr, c'était un pas important pour la carrière d'Hadrien, mais enfin six semaines… Bikini n'était pas une fille jalouse, non. Mais un jour, ou plutôt une nuit, alors qu'elle rangeait innocemment un tiroir du bureau de son petit ami, elle avait tout à fait par hasard découvert dans son portefeuille un morceau de papier sur lequel était griffonné un numéro de téléphone. L'histoire aurait pu s'arrêter là, mais Bikini, jeune femme investie dans la carrière professionnelle de son amoureux, avait voulu s'assurer, avant de jeter le numéro en question, qu'il ne s'agissait pas du téléphone d'un réalisateur ou d'une quelconque relation de travail. Ne voulant pas réveiller Hadrien, qui dormait alors profondément, elle avait composé le numéro en appel masqué sans attendre davantage – oui, vous savez ce que c'est lorsque l'on est lancé dans le rangement. Le répondeur était très clair : « Bonjour, vous êtes sur la messagerie d'Audrey, laissez-moi un message et bla-bla-bla. » Bikini n'était pas d'un naturel suspicieux, mais préféra quand même vérifier sur le portable d'Hadrien s'il avait bien en mémoire le numéro de téléphone de cette actrice avant de jeter le papier, toujours dans un souci de rangement. Et, effectivement, Hadrien avait Audrey en mémoire. Ils avaient même échangé quelques textos sur lesquels Bikini était tombée tout à fait par hasard parce qu'elle avait du mal à manipuler un téléphone qui n'était pas le sien. Les messages étaient plutôt explicites : « *How are you Hadrien?* » « Super ! Je suis contente pour toi ! Il faudra fêter ça ! » « OK. » Le dernier surtout était assez familier. « OK. » Bikini s'était rongé le pouce. Elle essayait pourtant d'arrêter de se ronger les ongles, d'autant plus qu'elle avait décroché plusieurs contrats de pub pour lesquels il était de rigueur d'avoir des mains impeccables, mais là, c'en était trop. En regardant Hadrien dormir, elle songea un instant à l'assassiner pour ensuite plaider le crime passionnel, comme dans ce film espagnol qui finalement ne s'était pas monté. En plus, si elle faisait ça, le film en question se monterait certainement puisqu'il serait dans l'air du temps et elle pourrait tenir le rôle principal aux côtés de Javier, qui venait justement de quitter sa femme. Tout cela tournoyait dans sa tête lorsque Hadrien s'était réveillé. Elle lui avait aussitôt demandé des explications. Évidemment, il avait répondu qu'il n'y avait rien entre Audrey et lui, qu'il s'agissait juste d'une amie, un terme, vous en conviendrez, malheureux, qui avait entraîné une violente dispute, suivie d'une partie de *savage sex*, une méthode américaine créée par un médecin japonais dans le but de mettre fin aux disputes de couple.

Six semaines à l'étranger, à Hong Kong qui plus est, capitale des grosses putes qui ne cherchent qu'à mettre la main sur un riche Occidental. Il la tromperait, c'est certain. Bikini ne pouvait s'empêcher de l'imaginer en train de baiser avec des Asiatiques, tout le temps. Ce soir, un mannequin aux yeux bridés l'avait regardé avec insistance. Avait-elle couché avec Hadrien ? Quoi qu'il en soit, sa décision était prise. Avec la folle partie de jambes en l'air qu'elle comptait lui offrir, elle lui annoncerait qu'elle l'accompagnait à Hong Kong. Et s'il refusait, elle... elle... De toute façon, après cette partie de jambes en l'air, il ne pourrait plus rien lui refuser. Sexuellement, elle était au top.

▪▪▪

Ce n'était qu'un bout de papier, quelques horaires et une date sur un stupide bout de papier, et pourtant, plus Hadrien regardait ce bout de papier, plus son sentiment de culpabilité s'étendait. Dans moins d'un mois, il serait à Hong Kong et tournerait le film le plus brillant de sa carrière. Il connaissait déjà son texte par cœur, ses gestes, ses expressions, il avait tout étudié dans les moindres détails, et continuait à prendre des cours avec son coach. Ça ferait un carton au box-office, et il accéderait enfin au statut de star internationale. Cette pensée le réjouissait un peu, mais aussitôt, il se laissait rattraper par les démons du présent. Pourquoi avait-il accepté bon sang ? Il se répétait qu'une parole donnée pendant des ébats sexuels ne valait rien. Tout le monde savait cela ! C'était comme une sorte de moment suspendu où ce que l'on dit ne peut et ne pourra être utilisé contre nous. Elle lui avait arraché un oui pile au moment où elle faisait ce truc avec ses hanches et son bassin, ce truc insensé qui le rendait fou... et qui au moment même où il y repensait lui donnait une légère érection.

— Merde merde merde...

Hadrien se parlait à lui-même. Il savait qu'il avait fait une erreur, une énorme erreur, et n'avait pas la moindre idée de comment la réparer. Il ne voulait pas que Bikini vienne avec lui à Hong Kong. Ce n'était pas possible. Diane avait été remplacée à la dernière minute par Audrey, il le savait, et pour cause, c'était grâce à lui. Hadrien était amoureux d'Audrey. Bien sûr, il aimait aussi Bikini, notamment pour ces parties de jambes en l'air inoubliables, qu'il ne retrouverait certainement jamais ailleurs. Mais il était littéralement tombé amoureux d'Audrey. Rien ne pouvait le prédire, rien ne pouvait l'expliquer, et rien ne pouvait l'arrêter. Il comptait d'ailleurs utiliser ce tournage en Asie pour mettre un terme à sa relation avec Bikini. Mais Bikini lui avait demandé de l'accompagner à Hong Kong et il avait dit oui. Ou plutôt « Ouiiiiiiiiiii ». Deux solutions s'offraient à lui : ne rien dire, et partir seul. Très peu gentleman, mais terriblement tentant. D'un autre côté, si cette histoire venait à être répétée, son public féminin pourrait le prendre en grippe, en faire la tête de Turc des cœurs brisés, et tout cela aurait de graves répercussions sur sa carrière. Il ne pouvait pas se le permettre. D'où la seconde solution : parler à Bikini.

Rien qu'à cette pensée, son estomac se nouait. Il fallait lui parler. C'était inévitable.

Hadrien commanda un double Martini et fit une croix sur son agenda : il lui annoncerait après le gala de charité. Cela faisait des mois qu'elle ne parlait que de ce dîner, où serait présent tout le gratin du cinéma. Il ne pouvait pas lui gâcher ça. Il n'était pas un salaud. Il n'était pas un salaud.

∎∎∎

À des milliers de kilomètres de là, Dov pleurait à chaudes larmes devant un cercueil fermé.

— COUPEZ ! Elle est bonne ! Et c'est une fin de journée !

Tout le plateau applaudit, on commença à remballer le matériel. Dov essuya ses larmes et, après quelques échanges à voix basse avec le réalisateur, quitta le plateau pour l'aéroport. Il avait réussi à négocier une pause de quatre jours dans son calendrier de tournage. Une pause bien méritée qu'il comptait passer en famille. Il essaya de dormir un peu dans le jet, mais son esprit vagabondait ailleurs : sa femme lui avait dit qu'elle avait quelque chose d'important à lui annoncer, sans vouloir en parler par téléphone. Dov espérait qu'il ne s'agissait de rien de grave. Il avait passé en revue toutes les possibilités : maladie, rupture, décès d'un proche… En fait, il avait surtout envisagé le pire. D'habitude, Fiona l'accompagnait sur les tournages, mais cette fois-ci quelques affaires à régler l'avaient retenue. L'angoisse saisit Dov, qui avala un bourbon cul sec. Il ne pouvait s'empêcher de transpirer. Il aurait bientôt la réponse, mais l'attente était interminable, bien pire que lorsqu'il attendait la réponse du distributeur de son premier film.

■■■

Dov chercha sa femme du regard, mais il ne vit que son chauffeur.

— Bonjour, Étienne, Fiona n'est pas avec vous ?

— Si, bien sûr, monsieur, elle est dans le coffre.

— Dans le coffre ?

Étienne se mit à rire. Il plaisantait, bien sûr qu'il plaisantait. Dov se força à rire un peu. Étienne adorait plaisanter. Il était toujours de bonne humeur, c'est pour cela que Dov l'avait engagé. Étienne ne plaisanterait pas si Fiona était malade ou si quelque chose de grave était arrivé… à moins qu'il l'ignore. Dov était anxieux.

— Elle va bien ?

— Oui, monsieur, très très bien. Ne vous inquiétez pas.

Étienne avait insisté sur le « très très », comme s'il cachait quelque chose. Et puis ce « ne vous inquiétez pas ». Pourquoi s'inquiéterait-il si elle allait « très très » bien ? Décidément, il se tramait quelque chose. Étienne commença à lui parler de son tournage, mais Dov n'avait pas envie de faire la conversation. Il avait envie de voir Fiona, de la voir, de l'embrasser, de la prendre dans ses bras. C'était la femme de sa vie, il l'aimait plus que tout et si jamais il lui arriv... Ça y est ! Il recommençait ! Dov fit un effort pour se concentrer sur le paysage qui défilait à travers la vitre teintée, et le sommeil l'emporta finalement vers d'autres horizons.

■■■

— Des jumeaux ?
— Oui !
— Des jumeaux ?
— Tu veux savoir le sexe ?

Dov ne répondit pas tout de suite. Il allait avoir des jumeaux, il avait besoin de réaliser. Deux fois. C'était merveilleux ! C'était plus que merveilleux, c'était merveilleux merveilleux ! Deux fois plus extraordinaire. Dov avait l'impression d'être la seule personne au monde à connaître un bonheur aussi parfait. C'en était presque irréel, comme s'il allait se réveiller d'un instant à l'autre. Mais non, il était en plein dans la réalité et c'était un sentiment inexplicable, au-delà de la joie, au-delà du bonheur, au-delà de tout ce qu'il avait pu connaître auparavant.

— Ce sont des filles, chéri !
— Des filles ?

Dov répétait chaque mot comme pour en comprendre pleinement le sens, comme pour vérifier qu'il n'avait pas compris de travers, que c'était bien le film de sa vie qu'il était en train d'écrire. Il embrassa sa femme et prit un moment pour réaliser ce qui leur arrivait. Puis il passa à l'action. Il convoqua son manager et lui demanda de suspendre toute activité en cours, y compris son tournage actuel. Il lui demanda également d'annuler toutes les sorties, galas et autres manifestations. Il voulait rester auprès de Fiona, c'était tout ce qu'il voulait, fonder une famille, celle dont il avait toujours manqué, celle qu'il avait toujours rêvé d'avoir.

Chacun ses problèmes !

Une semaine s'était écoulée depuis leur dernier entretien. François avait donné rendez-vous à Michel dans un café en bas de chez lui. Il avait apporté avec lui un petit dossier soigneusement rangé dans une chemise à rabat noire. Michel, qui avait voulu prendre le bus, arriva vingt minutes plus tard. Il avait hâte de connaître les conclusions de François. Michel ouvrit la pochette et plongea les yeux dans les chiffres. Les pages étaient remplies de calculs symétriquement établis, de références fiscales, de données chiffrées… En un mot, Michel avait beau y mettre du sien, il n'y comprenait rien. Il feuilleta quand même l'intégralité du rapport avant de poser la question qui l'empêchait de dormir depuis des nuits :

— Bon alors, ça fait combien ?

François reprit le dossier. Il semblait aller beaucoup mieux depuis la dernière fois.

— Alors avec les acteurs que tu m'as cités… comme tu m'as dit que tu avais déjà le lieu de tournage…

Michel avait en effet déjà le lieu de tournage. Un jour, un notaire lui avait appris qu'une grand-tante récemment décédée lui léguait une île dans le Pacifique. Dans un premier temps, Michel s'en était réjoui, il avait sa propre île, comme les stars ! Puis, réflexion faite, il s'était mis en colère. C'est vrai, qu'est-ce qu'il allait bien pouvoir foutre d'une île, bordel ! Il ne pouvait même pas se payer un billet d'avion à l'époque ! La vieille aurait pu lui laisser des liquidités plutôt, merde ! En plus, il devait la déclarer en propriété foncière, quel boulet. C'était un cadeau empoisonné. S'il avait été un peu moins vaniteux, il aurait refusé la succession, mais puisqu'il l'avait acceptée, il fallait faire avec. Il avait bien essayé de revendre Mich'Island (c'est comme ça qu'il l'avait appelée) sur eBay, mais personne n'avait voulu l'acheter. Alors il avait rangé son titre de propriété dans une vieille boîte à chaussures, et l'avait oublié là, jusqu'au jour où il avait écrit son film. L'histoire se déroulerait sur son île, et ce serait un tel succès qu'il n'aurait aucun mal à la revendre après.

François inscrivit un chiffre sur un bout de papier qu'il plia en deux et fit passer à Michel. Michel déplia religieusement le confetti avant de se figer à sa lecture.

■■■

— Huit millions d'euros ?! Mais enfin tu es mon agent, tu sais bien que je ne travaille pas à moins de douze !

John n'en revenait pas. Il était le roi des comédies romantiques, il devait être payé comme un roi.

C'était son nom sur l'affiche qui faisait que le film marchait ou pas. C'était son sourire, son regard, son corps et ses cheveux qu'il était en train de négocier. Et tout cela valait bien douze millions. Il avait refusé des films à quinze, ce n'était pas pour accepter à huit !

— Écoute-moi, Johnnie, je suis ton agent, OK? Je suis payée sur ton cachet, chéri, donc si tu perds de l'argent, *je* perds de l'argent, OK? Et si je te demande de réfléchir à cette offre, c'est parce que je pense que tu n'auras pas d'autre proposition aussi intéressante avant un long moment, voire peut-être même jamais, Johnnie.

— J'ai refusé un film à quinze, ce n'est pas pour accepter de tourner à huit !

— Tu as refusé un film à quinze il y a six ans, John ! Aujourd'hui, les choses ne sont plus les mêmes !

— C'est vrai, je suis un meilleur comédien et j'ai fait mes preuves dans des films qui ont fait des cartons au box-office !

— Chéri, tout cela est vrai, et tu sais à quel point je t'aime. Mais regarde autour de toi, regarde Keanu, Jude, Orlando… Ces acteurs sont prêts à tourner pour quatre millions, Orlando est peut-être même négociable à trois ! Et ils ont vingt ans de moins ! Crois-moi, chéri, ce film est une chance pour toi. Réfléchis-y et rappelle-moi quand tu auras pris ta décision. Je t'embrasse.

Huit millions. C'était dérisoire, ridicule. John avait envie de rire… et de pleurer. Alors quoi ? Il était devenu une vieille pute ? C'étaient les soldes et il allait se brader ? Huit millions… qu'est-ce qu'on peut faire aujourd'hui avec huit millions ??? C'est à peine le prix d'une villa à LA. Et l'année prochaine, qu'est-ce qu'on lui proposera ? De tourner gratuitement ? Ahahah. John avait les yeux humides et le cœur serré. Il goba deux Lexomil pour avaler la pilule et s'installa sur son sofa pour relire le scénario d'*Un cœur à la dérive*. Rien que le titre lui donnait envie de raccrocher. Et s'il prenait une année sabbatique ? Non, son agent lui avait déjà dit : « Une année sabbatique à trente ans, c'est glamour, mais une année sabbatique à ton âge, Johnnie, c'est un départ en retraite. »

▪▪▪

Michel avait déjà essuyé un refus des deux premières banques. C'était sa dernière chance, et François avait tenu à l'accompagner. Michel s'était mis sur son trente et un, il savait que la partie ne serait pas facile et voulait faire bonne impression. Ils avaient un quart d'heure d'avance, et sur les conseils de François ils firent un tour de pâté de maisons car il n'était jamais bon d'arriver trop tôt à un rendez-vous d'affaires. Cela signifiait d'une part que l'on attendait beaucoup de ce rendez-vous, et d'autre part que l'on n'avait pas d'autre rendez-vous. François savait cela car du temps où la société ne l'avait pas encore catalogué comme escroc, il avait suivi la masterclass du professeur Rachelbaum, éminent spécialiste en études comportementales dans le milieu des affaires.

La secrétaire les fit entrer tout de suite. Michel avait un peu chaud dans son costume en velours, et retira sa veste. Le banquier avait l'air sympathique. Il leur fit signe de s'installer, le temps qu'il termine une conversation téléphonique. Michel avait un bon feeling, ce mec semblait ouvert, compréhensif. Sur son bureau, un petit panneau doré indiquait « Luc Chipoleta ». Drôle de nom, pensa Michel, puis il se souvint qu'il s'appelait Mouton, et s'abstint de tout commentaire, même intérieur.

— Je suis à vous ! Enchanté, Luc Chipoleta !

— Michel Mouton, bonjour !

— François Delahaye, enchanté !

— Tiens, comme ce type de chez Deltroy Inc., vous en avez entendu parler ?

François se sentait soudainement flatté que quelqu'un le reconnaisse. Si bien qu'il ne vit même pas le roulement d'yeux menaçant de Michel, qui lui enjoignait de se taire.

— C'est moi !

— Non… C'est vous ce type qui a escroqué les Américains ?

— Eh bien, « escroqué » n'est pas le terme que j'emploierais, voyez-vous… Mon métier n'est qu'un jeu, avec beaucoup d'argent sur la table, et certains n'aiment pas perdre ! J'ai bluffé, j'ai eu du cran. Il faut parfois savoir transgresser les règles pour atteindre nos objectifs.

Michel croisa le regard de Chipoleta et comprit que cette partie-là était perdue. François continuait sa petite leçon d'escroquerie sans réaliser qu'il venait de réduire à néant les derniers espoirs de Michel, qui se demandait pourquoi il l'avait sauvé de la pendaison.

En sortant de la banque, les deux hommes firent quelques pas en silence, puis Michel explosa.

— Pourquoi t'as fait ça, François ?

— Fait quoi ?

— Fait quoi ? Oh ! « Escroquer n'est pas le terme que j'emploierais, voyez-vous » ! « Il faut parfois savoir transgresser les règles pour atteindre nos objectifs » ! Comment tu croyais qu'il allait réagir ? Votre technique de détournement de fonds m'impressionne, tenez, voilà huit millions d'euros, je vous les confie, faites-en bon usage ? Mais François, qu'est-ce que t'as dans la tête bon sang ! C'était ma dernière chance de m'en sortir ! Maintenant qu'est-ce qu'on va faire, hein ? T'es content, t'as brillé trois minutes devant un connard qui aura quelque chose à raconter à ses collègues devant son sandwich de déjeuner pendant que toi, t'iras pointer au chômage… même pas ! Même pas puisque t'es un escroc, faute grave ! T'as même pas droit au chômage ! Ahah ! J'essaierai de te faire rentrer comme assistant rédacteur en assurances ? Ah oui, ça valait le coup ! T'aurais dû lui signer un autographe pour ce prix-là ! Tu m'aideras à faire des constatations de dégât des eaux ! Hein ? Alors, pourquoi le mur de Mme Machin tombe en miettes ? T'en as rien à foutre en fait, t'es qu'un égoïste, tu penses qu'à toi ! Ma femme m'a quitté gnagnagna, j'ai perdu mon travail, mon appart est vendu gnagnagna… Et moi, comme un con, je te disais mais non François, t'es pas un looser. Mais si François, si ! Maintenant, tu peux le dire ! Maintenant, tu peux le crier même, « je suis un looser, je suis un looser ! », et moi aussi. On est des loosers ! Ouais !

Michel reprit son souffle. Il avait été dur, plus qu'il ne l'aurait voulu, mais il avait besoin de se défouler. Après tout, c'était aussi sa vie qu'il venait de foutre en l'air. François n'avait pas protesté, pas répliqué, pas bougé, il avait écouté Michel, simplement, attentivement.

— Je crois que je vais rentrer chez moi maintenant. Tu devrais garder ça.

François tendit la mallette à Michel, qui la prit. Michel hésitait à s'excuser, mais il n'avait pas le courage d'affronter une explication ou une autre dispute. Il se sentait à bout, comme s'il avait épuisé toutes ses ressources, et maintenant il avait juste envie de lâcher prise. De rentrer chez lui et de dormir, peut-être même de ne jamais se réveiller.

■■■

Michel s'était reposé un peu, sans toutefois réussir à dormir. La semaine prochaine, il lui faudrait retourner voir Lise Minchard et lui expliquer qu'elle avait raison, qu'il n'était pas un artiste, que sa place était dans les assurances, et bien sûr, sans quoi l'exercice lui laisserait encore un peu de fierté, qu'il lui présentait toutes ses excuses pour son comportement irresponsable et inadmissible. Michel n'avait même pas envie de pleurer, ses yeux étaient secs, son regard vide. Il pensa à François et se dit qu'il y était allé un peu fort. Il espéra que son ami ne s'était pas pendu, mais il n'avait pas envie de l'appeler, pas la force de le secourir une deuxième fois. Michel n'avait plus envie de rien maintenant, il baissait les bras, il se rendait à la vie, il lâchait l'affaire. Il appuya sur la télécommande, seul effort qu'il tolérait encore, et tomba sur un reportage consacré au milieu de l'entreprise. La machine à café, le costume-cravate, le patron qui vous prend pour son larbin parce qu'il vous paye mille trois cents euros par mois. Michel ne pouvait pas y retourner. Il comprenait maintenant ces anciens détenus qui préféraient mourir plutôt que de retourner en prison. Pour lui, la prison, c'était l'entreprise. Il avait purgé sa peine, maintenant c'était fini. Mais Michel ne voulait pas mourir pour autant.

■■■

Danièle, elle, avait envie de mourir. Agonisante, la tête au-dessus de sa baignoire à pieds dorés, elle vivait les instants les plus pénibles de son existence. Le docteur Kawagoshi l'avait pourtant mise en garde : « Ne prenez qu'une tasse de breuvage par jour ou vos démons se réveilleront. » Danièle avait avalé le Thermos entier et elle gisait désormais sur le carrelage de sa salle de bains, entre vomi et excréments. Les paparazzi auraient tué pour prendre cette photo. Mais elle était seule, comme toujours, et luttait pour une taille trente-huit. Danièle avait commencé à prendre du poids après sa séparation d'avec l'acteur italien Raphaelo Cardamone. Elle était tombée dans les macaronis par nostalgie, puis s'était mise *al gelato* lorsqu'elle l'avait découvert en couverture d'un magazine people au bras d'un top argentin. De là, sa nostalgie s'était transformée en boulimie, sauf qu'elle ne recrachait pas. Évidemment, la masse de gras et de sucre s'était logée dans le ventre et la culotte de cheval. Danièle avait laissé perdurer la situation, à demi consciente de son état, jusqu'au défilé Chanel où elle avait recroisé son ennemie de toujours, Olga, plus mince que jamais. Danièle était aussitôt allée voir celui qu'on appelait le docteur Miracle, chirurgien des stars, celui-là même qui lui avait remonté les seins après sa première grossesse et lui avait fait ses deux liftings. Un magicien. Mais le docteur Miracle avait refusé de l'opérer tout de suite. Il lui avait d'abord demandé de perdre un peu de poids, huit kilos pour être exact. Danièle savait que même sans avaler aucun aliment, ses huit kilos n'auraient pas fondu pour le gala de charité. Alors aux grands maux les grands remèdes, elle était allée chez le docteur Kawagoshi pour qu'il l'aide à perdre rapidement du poids. Et voilà le résultat. Sa gouvernante la découvrit dans l'après-midi, alertée par l'odeur. Elle ramassa sa patronne et, après l'avoir nettoyée au jet, la mit à sécher sur son lit à baldaquin. Elle lui apporta un chocolat chaud au miel auquel Danièle ne put résister. Souvent, Danièle se demandait si elle était heureuse. Aux journalistes, elle faisait toujours la même réponse : « Elle ne s'était jamais sentie plus épanouie qu'aujourd'hui. » Mais lorsqu'elle se posait la question à elle-même, Danièle ne savait pas quoi se répondre. Elle avait tout ce qu'elle voulait mais Danièle ne savait pas ce qu'elle voulait. Elle avait tous les ingrédients, mais ne connaissait pas la recette du bonheur. C'était tellement triste, et tellement énervant, elle ne pouvait s'en prendre qu'à elle-même. Danièle avait le sentiment d'avoir consenti trop de sacrifices au cours de son existence, de sa carrière, et avait décidé de se retirer du monde du cinéma. Elle pensait à cela depuis un moment, mais n'avait jamais osé envisager la chose vraiment sérieusement. Mais tout à l'heure, allongée dans ses sécrétions, elle avait touché le fond. Il fallait mettre un terme à toute cette mascarade. Que se serait-il passé si quelqu'un l'avait vue ? l'avait prise en photo ? Si Maria ne l'avait pas découverte ? Que se passerait-il la prochaine fois ? Et elle savait qu'il y aurait une prochaine fois, malgré tout ce qu'elle pouvait se jurer, il y avait toujours une prochaine fois. Alors il fallait arrêter les frais. De toute façon, les réalisateurs ne se bousculaient plus pour la faire tourner. Bien sûr il y avait les fidèles, les grands du cinéma, mais qu'est-ce pour une actrice comme Danièle de tourner un film tous les deux ans ? Est-ce une carrière, ça ? Non, c'est une fin de carrière. Et pas un bouquet final, non, une courbe de décroissance molle et déjà vue. Danièle était faite pour le sensationnel, l'excitant, le défi. Aujourd'hui, le seul défi qu'elle avait à relever était de faire rentrer dans du trente-huit un inavouable quarante-quatre. Danièle ne voulait plus vivre ces petites humiliations. Elle se retirerait de ce monde mesquin et irait vivre dans son château, entourée de millefeuilles et d'éclairs au chocolat qui ne la décevraient pas. Danièle plongea son doigt dans la tasse pour récupérer le miel chaud qui avait coulé au fond. En suçant son index, elle décida qu'elle tirerait sa révérence lors du gala de charité la semaine prochaine. Ce serait sa dernière représentation, effet de surprise garanti. Elle préparerait un discours marquant qui resterait dans l'histoire, puis disparaîtrait.

■■■

Dans un salon de beauté huppé de la capitale, Olga se faisait épiler à la cire d'abeille du Bengali. S'ensuivrait un long massage aux huiles essentielles et à l'essence d'épine de rose blanche du Sahara. Olga s'interrogeait à propos de cette fleur si exotique : une rose pouvait-elle vraiment pousser sans eau ? Elle avait de sérieux doutes à ce sujet, mais après tout, peu lui importait, *Marie-Claire* lui avait donné l'assurance d'une peau lisse et luisante comme une anguille après ce traitement miracle. Et elle avait bien besoin de ce coup de pouce à une semaine à peine du gala de charité. Elle devait être fabuleuse, radieuse, éclatante, elle devait être une bombe et pulvériser les autres femmes, en particulier Danièle, qui elle aussi devait préparer cette soirée comme un attentat. L'esthéticienne lui précisa que la torture était terminée et lui enjoignit de se retourner. Olga pivota lascivement sur elle-même et s'allongea sur le ventre. Elle sentit deux mains huilées qui glissaient le long de sa douce peau, et une sensation de chaleur envahit son corps. Un frisson parcourut son échine et soudain tout son scepticisme sur l'épine de rose blanche du Sahara s'envola.

■■■

Karen était justement au rayon épilation de son supermarché. Elle hésita quelques minutes, et se demanda si la réduction de trente centimes valable sur la crème dépilatoire peaux normales était également valable sur la crème dépilatoire peaux sensibles. L'instant était historique. Karen n'avait jamais enlevé les poils de ses jambes autrement qu'avec de la cire. Mais aujourd'hui, elle franchissait le cap. Elle saisit la bombe de spray dépilatoire pour peaux sensibles et la jeta dans son panier. Elle n'avait pas le choix : son agent l'avait appelée pour un casting le lendemain, et il lui fallait être en jupe courte pour le rôle. S'étant épilée il y a dix jours, ses poils avaient repoussé pile assez pour qu'on les voie, mais sans qu'une épilation à la cire puisse les retirer. Évidemment, en caisse, le bon de réduction ne passa pas. De retour chez elle, Karen lut trois fois la notice et finit par l'apprendre par cœur comme un texte. Ça la rassurait de savoir qu'en cas de problème elle n'aurait pas besoin de se reporter à la bombe et saurait immédiatement quoi faire. Karen vaporisa ses jambes avec conviction et regarda son portable : en tout état de cause, ne pas dépasser dix minutes de pose. La crème la picotait légèrement, ce qui était vraisemblablement normal pour un produit chimique qui dissout le poil à même la peau. Mais au bout de quatre minutes, le picotement devint carrément atroce au point que Karen eut la sensation qu'on lui épluchait les jambes à l'économe. Elle se jeta sur le jet d'eau et rinça ses deux mollets... Oh, mon Dieu! Brûlés! Ses jambes étaient à vif bien qu'elle les ait laissées sous l'eau froide une bonne heure. Karen essaya de s'allonger, mais le contact de ses jambes écorchées avec le drap était proprement insupportable. Peaux sensibles mon cul! Le premier vrai casting sur lequel son agent l'envoie! Karen, debout dans son studio de seize mètres carrés, commençait à penser que le destin avait quelque chose contre elle. Si au moins il s'agissait d'un film de guerre, elle aurait pu décrocher un petit rôle de fille gazée au napalm, mais même pas! C'était une comédie romantique dans la plus pure tradition, et John était pressenti pour jouer le rôle principal. Il fallait qu'elle aille à ce casting. Il le fallait. Le bon côté des choses, c'est que les poils avaient disparu... ainsi que toute la couche supérieure de l'épiderme. Comment allait-elle faire?

■■■

Lulu était descendue profiter du soleil au parc à côté de chez elle. Elle aimait bien s'asseoir sur un banc et regarder les enfants jouer. Elle s'amusait à en choisir un, et s'imaginait qu'il était à elle. Parfois c'était une fille, parfois un garçon. De temps en temps, Lulu fermait les yeux et s'imaginait ce qu'aurait été sa vie si elle avait eu un père et une mère qui l'avaient emmenée jouer au parc. Elle aurait été heureuse alors. Non pas qu'elle n'ait jamais été heureuse, mais elle avait toujours eu cette impression de vivre un bonheur de substitution. Ce qui rendait Lulu nostalgique, voire un peu triste, c'était de savoir qu'elle ne pourrait jamais « tout recommencer » comme on dit. C'était trop tard, une sorte de mauvaise pioche dès le départ contre laquelle on ne peut rien. Lulu avait voulu adopter à un moment, peu après avoir rencontré Bob. Elle avait monté un dossier, envoyé toutes les pièces demandées, passé des entretiens avec des psychologues, des assistantes sociales et tout le tralala. Mais personne n'avait donné suite à son dossier.

Lulu se précipita pour relever un petit garçon qui était tombé à quelques mètres d'elle. Elle le prit dans ses bras et chercha sa mère du regard, mais ne trouva personne pour s'intéresser à lui. Soudain, il lui prit l'envie insensée de partir avec l'enfant. Un quart de seconde, elle envisagea cette possibilité, le voler. Elle trouverait facilement de faux passeports, elle connaissait un endroit vers Barbès. Elle avait mis un peu d'argent de côté, assez pour s'installer ailleurs et leur donner de quoi voir venir avant qu'elle ne trouve un job. Lulu respira profondément, reposa le garçon et s'en alla du parc, sans se retourner. Elle se méprisait d'avoir voulu retirer un enfant à sa mère. Quel genre de femme pourrait envisager une chose pareille ? Après tout, si elle n'avait pas d'enfants, il y avait peut-être une raison.

De tout le mois, Lulu ne retourna plus au parc.

▪▪▪

Dov avait passé ces derniers jours à étouffer sa femme. Il était devenu un autre homme, un père, et cette idée – tout à fait estimable en théorie – avait en pratique fait de lui un homme guimauve, une sorte de monsieur areuh-areuh qui ne communiquait plus qu'avec le nombril de sa femme. Jean-Philippe, l'associé de Dov, avait fait quelques tentatives pour ramener l'acteur à la raison, mais jusqu'à présent celui-ci s'était refusé à toute conversation adulte. Il vivait, disait-il, « les plus beaux moments de sa vie », et ne souhaitait pas sortir de ce nuage rose. Son agent avait lui aussi essayé de le convaincre de reprendre le travail, allant même jusqu'à négocier avec le réalisateur d'emmener Fiona sur le tournage. Mais rien n'avait fonctionné, Dov s'obstinait. Jean-Philippe avait alors pris les choses en main, ne pouvant laisser la situation perdurer. Il avait appelé Fiona et lui avait demandé de raisonner son mari avant que les choses ne soient irrattrapables. Aussi, en bonne épouse, Fiona avait incité son cher et tendre à reprendre son métier d'acteur avec toute la douceur qu'on lui connaissait. Mais devant la mièvrerie de Dov, Fiona elle-même s'était vue contrainte de sortir l'artillerie lourde.

— Non, ça ne va pas, Dov ! Tu es là, toute la journée, à parler à mon ventre, je ne te reconnais plus !

— Mais c'est près de ma famille que je veux être, près de toi mon amour !

— Justement ! Tu m'étouffes, je n'arrive plus à respirer, je ne suis pas faite pour vivre comme ça, je ne veux pas d'un mari à la maison, je veux un homme fort qui prenne ses responsabilités, qui me montre qu'il m'aime en faisant des sacrifices, pas en restant à la maison comme un chamallow sucré tout… tout mou ! J'ai besoin d'un homme, tes filles ont besoin d'un père, pas d'une seconde mère, Dov ! Je t'aime, tu sais que je t'aime de tout mon cœur, mais je ne sais pas… tu n'es plus toi-même ces jours-ci, je ne reconnais plus l'homme que j'ai épousé, l'homme que j'aime. Cette soirée de gala, vas-y. Tu dois te reprendre ! Tu seras un père formidable, je le sais, mais tu es aussi l'acteur le plus talentueux que je connaisse, alors vas-y !

Fiona, profondément émue, avait les larmes aux yeux. Elle n'aimait pas parler ainsi à son mari, mais parfois il faut secouer ceux que l'on aime pour qu'ils reviennent à la réalité.

Dov n'avait rien dit, mais ces paroles avaient eu sur lui l'effet d'un électrochoc. Il savait que Fiona l'aimait, et si elle lui parlait aussi brutalement, c'est que quelque chose ne tournait vraiment pas rond. C'est pour cela qu'il l'aimait tant, car elle savait ce qu'il fallait dire et quand il fallait le dire. Elle le connaissait et le comprenait mieux que quiconque.

— J'irai.

▪▪▪

Cela faisait plusieurs jours que François n'avait pas donné de ses nouvelles. Et moins il donnait de ses nouvelles, plus Michel se sentait coupable. Michel lui en voulait presque... à moins qu'il ne soit mort, auquel cas il ne pourrait plus lui en vouloir. Quoique. Michel se surprit à avoir de telles pensées et culpabilisa d'autant plus. Il émergea péniblement de son canapé-lit cassé et se traîna jusqu'au téléphone. Comment allait-il commencer ? Michel composa le numéro. D'abord, il s'excuserait. Non! Michel raccrocha. Il n'allait pas s'excuser! S'excuser de quoi? D'avoir pété les plombs une fois dans sa vie? De s'être emporté alors qu'il avait des raisons valables de le faire? Michel recomposa le numéro. Il improviserait... sans s'excuser. À la première sonnerie, Michel était décontracté. À la deuxième, la pression monta d'un coup. La troisième était carrément insoutenable et à la quatrième, Michel ne put s'empêcher de penser à François, pendouillant au bout d'une cordelette, dans son grand appartement tout vide. Ce serait lui le responsable de la mort de François, il était criminel, oui, un criminel. Il n'avait pas pu se retenir et avait accablé un homme acculé, un homme seul et désemparé, un homme... mort très probablement. Michel raccrocha à la sixième sonnerie et commença à pleurer. Il s'en voulait tellement, il aurait fait n'importe quoi pour revoir François. L'interphone retentit.

— Michel, c'est François! J'ai un plan, ouvre!

Alors il n'était pas mort! Michel renifla et sourit en même temps. Il était tellement heureux! Mais aussitôt, il en voulut à François. Pourquoi n'avait-il pas appelé? Pourquoi l'avait-il laissé s'inquiéter comme ça, pendant des jours, sans donner le moindre signe de vie ? Décidément, François n'était qu'un égoïste, un sale égoïste, et c'était bien fait s'il se retrouvait tout seul aujourd'hui. Ah !

Michel ouvrit la porte les yeux encore humides.

— Bah, ça va pas ? Tu pleures ?

— Pas du tout, c'est de l'allergie.

Michel avait répondu sèchement, qu'est-ce que ça pouvait bien lui faire qu'il pleure ou non. Il s'inquiétait pour lui maintenant ?

— Écoute, Michel, j'ai déconné, je suis désolé, je m'excuse, OK ? Mais ces derniers jours, j'ai cherché un plan et j'ai trouvé. Un plan en béton, un plan en or.

Michel était partagé entre l'envie de mettre François à la porte au moyen d'un rapide « j'ai pas le temps pour toutes ces conneries » et la curiosité de savoir ce que François, qui était certes un looser mais un looser talentueux, avait bien pu concocter. Après tout, François s'était excusé, il était temps de tirer un trait là-dessus et d'écouter ce qu'il avait à dire.

— Et c'est quoi ton plan ?

Préparatifs...

Bikini avait décidé de faire quelques emplettes. Elle passa en revue les collections avenue Montaigne afin de trouver des maillots pour Hong Kong. Elle en acheta une douzaine, mais savait déjà qu'elle ne porterait pas le rouge ni le doré lacé dans le dos. Elle se rendit ensuite chez son couturier préféré. Carlos préparait sa nouvelle collection, dès qu'elle franchit la porte de l'atelier, l'odeur de taffetas vint chatouiller sa féminité. Bikini aimait dire que le taffetas avait une odeur particulière, « une odeur douce et enivrante que je reconnaîtrais entre mille ! » s'était-elle exclamée après une avant-première à Londres, un soir d'été trop arrosé de champagne rosé. L'idée avait plu à Carlos qui était de la party, et ils avaient sympathisé. Depuis elle lui rendait souvent visite, enfin lorsqu'il était à Paris, et lui donnait son avis sur ses créations. Elle était comme une muse à temps partiel et, vu son emploi du temps, cela lui convenait à la perfection. Mais aujourd'hui, sa visite n'était pas uniquement de pure courtoisie. Carlos avait dessiné sa tenue pour le gala de charité de samedi, et devait la révéler à Bikini. Malgré toute son admiration pour le créateur, la jeune femme se sentait un peu nerveuse. Elle attendait cette soirée depuis des mois. Non qu'elle n'ait pas d'autres soirées, loin de là, Bikini recevait tellement d'invitations qu'elle était obligée d'en décliner la plupart. Depuis cette récompense américaine surtout, tout le monde la voulait, les organisateurs de soirées se battaient pour elle comme des fauves pour un gibier, mais avec leurs propres armes : l'argent. Les invités étaient sensiblement les mêmes d'une soirée à l'autre. Bien sûr il y avait ce qu'on pourrait appeler les boums de *has been*, où se côtoyaient anciennes figures publiques et starlettes de télévision, mais jamais de vrais people. C'était plutôt le genre de soirée où l'on se disait : « Tiens, sa tête me dit quelque chose. » Les soirées auxquelles Bikini faisait parfois l'honneur de se montrer étaient plutôt celles où les gens qui ne faisaient pas la couverture des tabloïds suscitaient la curiosité générale. Qui étaient-ils ? Que faisaient-ils ? Qui les avait invités ? Dans ce genre de petits clubs restreints ultra-privés, chacun se connaissait ou se reconnaissait plus ou moins directement. Bref, tout cela pour dire que Bikini avait décidé d'aller à ce gala de charité où le gratin du septième art côtoierait le gratin du reste du monde. Une occasion en or de rencontrer de nouvelles personnes et peut-être même de se faire des amis ! Dit comme ça, cela peut paraître un peu surprenant, mais une fois le statut de superstar acquis et la joie des premiers autographes passée, on en vient à regretter beaucoup de choses de son ancienne vie, de sa vie d'heureux anonyme. C'est du moins ce que se disait Bikini. Une fois superstar, on ne peut plus se mêler à n'importe qui. Dès que l'on sort dans la rue, les paparazzi nous harcèlent, dès que l'on va dans un club, des attroupements se forment, quant aux transports en commun, même pas la peine d'y penser! Alors comment rencontrer des amis dans ces conditions ? Comment se trouver un mec? Les gens pensent que l'on se fréquente entre nous par snobisme, c'est faux! Nous n'avons pas d'autre choix. Dès qu'elle approchait un garçon « normal », Bikini avait l'impression d'être un empereur commandant une friandise. Soit le garçon se sentait vexé et pensait qu'elle le prenait pour une pute (tiens, c'est drôle qu'il n'existe pas de masculin à pute... songea Bikini), soit il la vénérait et s'offrait à elle comme un ananas à une statue bouddhiste. Bikini ne voulait ni effrayer ni soumettre, elle aspirait à une relation normale entre gens normaux. Mais Bikini n'était plus une personne « normale ». Alors elle avait cherché un garçon adapté à sa normalité à elle, et elle était tombée amoureuse d'Hadrien. Elle se souvenait très bien de leur première rencontre, à un cocktail justement. Il venait de se séparer de Diane et était venu seul faire la promotion d'une grande marque de téléphonie mobile. Il ne lui avait pas parlé de ses films, ni elle des siens. Ils avaient simplement discuté de choses et d'autres, une conversation des plus banales. Ç'avait été le coup de foudre. Le soir même, ils étaient repartis ensemble, et leur relation durait maintenant depuis trois ans. Bien sûr, ils avaient connu des hauts et des bas, comme tous les couples, sauf que les leurs étaient plus hauts et plus bas que les autres. Mais ils étaient restés ensemble, et s'aimaient tout simplement. C'est du moins la version que Bikini défendrait jusqu'à la fin de ses jours.

Carlos arriva enfin, accompagné de ses deux assistants, qu'il s'amusait à humilier de son accent venu d'un pays imaginaire.

— Bikini ! Che ne te prézente pas zes deux personnes inzignifiantes, ne fais pas attention, ils me zuivent partout et ramassent les miettes de mon chénie ! Comment vas-tu ma chérie ?

— Oh, eh bien, ça va, je… je vais bien, oui ! Je pars à Hong Kong bientôt avec Hadrien.

— Hong Kong ? Pour le prochain Lars von T., z'est vrai. Tu zais que j'ai deziné la robe d'Audrey ? Celle qu'elle portera au bal, à la fin, tu zais quand les zombies attaquent le manoir… Tu as lu le zénario ?

Audrey ??? Bikini était stupéfaite. Elle réfléchissait à toute allure. Pourquoi Hadrien ne lui avait-il rien dit ? Avait-il quelque chose à cacher ? D'un autre côté, s'il l'avait invitée à venir avec lui… Bikini savait très bien dans quelles conditions extrêmes elle avait obtenu son billet pour Xiānggǎng (littéralement « port aux parfums ») et se posait quelques questions.

— Oui, bien sûr je l'ai lu, il est super ! Et ma robe à moi ? J'ai tellement hâte de la voir !

Bikini changea de conversation. Elle n'avait pas envie de montrer à qui que ce soit qu'elle était déstabilisée, elle, Bikini, et surtout pas à Carlos qui, s'il était un bon ami, était aussi un mégaphone de première question secrets. C'est par lui qu'elle avait appris que Danièle avait un problème avec la nourriture. Aujourd'hui bien sûr, c'était de notoriété publique, il suffisait de la voir. Mais à l'époque, sa boulimie était presque insoupçonnable. Carlos lui avait dessiné quelques modèles pour des soirées mondaines et, lorsqu'il l'avait revue pour finaliser le tissu, elle ne rentrait plus dans la robe. Elle avait selon lui fondu en larmes et s'était confiée tout en engloutissant deux paquets de gâteaux secs. Quelle tristesse. Depuis on la voyait beaucoup moins à l'écran qu'autrefois. Qui voudrait d'une grosse dans son film ? Ronde, à la rigueur… mais grosse, jamais ! En tout cas pas pour un rôle principal. Bikini pensa qu'il était dommage de finir comme cela, alors que cette femme avait un vrai talent. Elle aurait bien aimé tourner un film avec Danièle, c'était un pilier à fréquenter. Oui, c'était vraiment dommage d'enterrer une carrière pour quelques kilos de trop.

Carlos montra le résultat de son « chénie créateur » à Bikini qui ne put que tomber sous le charme. La robe était tout simplement exquise. Noire, à l'image de la maison, en satin de soie, tulle et strass… Bikini s'y glissa et se trouva divine, une vision qui lui fit presque oublier l'existence d'Audrey. Carlos était lui aussi satisfait du résultat mais, en perfectionniste, il voulut tout de même la reprendre ici et là.

Bikini ne prit pas sa voiture pour rentrer. Elle emprunta un chapeau au créateur et se promena dans les rues. Cela faisait longtemps qu'elle n'avait pas profité ainsi de Paris. Il faisait bon dehors, elle songea à mademoiselle Else et se dit que l'air était comme du champagne.

■■■

Dans l'appartement de Michel, l'ambiance était à la consternation. Michel n'en revenait pas de ce qu'il venait d'entendre.

— C'est ça ton plan en or ? Tu te fous de ma gueule, François ?

— Je sais, ça a l'air fou à première vue, mais j'ai étudié tous les paramètres, c'est réalisable, et ça résout tous nos problèmes ! Oublie un peu le côté farfelu de l'histoire, et…

— Farfelu ? Parce que pour toi c'est juste « farfelu » ? Tu sais, je pensais que tu étais juste un peu prétentieux, et je te le dis sincèrement, parfois ça te rendait un peu con, mais c'étaient des choses sensées. Là, je crois… je ne sais pas… tu es devenu fou !

— Je savais que tu réagirais comme ça au départ. Mais écoute, voilà le plan d'attaque…

François déposa sur la table basse un petit dossier sur lequel il avait noté en diagonale « TOP SECRET ». Michel ne jeta même pas un œil sur la chemise. Il fixait François avec un mélange d'inquiétude et de désespoir. Michel pensait que François devait aller très mal, il devait avoir sombré dans une sorte de folie post-traumatique, un nouveau stade dans l'évolution de son syndrome du looser. Michel lui conseilla de rentrer chez lui et de dormir un peu, non sans avoir promis à son ami de regarder le dossier qu'il lui avait soumis. François s'en alla donc, le laissant face à ses angoisses. Il y a quelques heures encore, Michel pensait que sa situation ne pouvait être pire, mais la vie venait de lui prouver qu'elle était pleine de ressources insoupçonnables. Le bilan était donc le suivant : pas de boulot, pas de nana, plus de projet, et un ami qui a viré raide dingue. Michel avait – entre autres – besoin d'une vodka. Il attrapait la bouteille dans le congélateur lorsqu'on frappa à sa porte. Il était minuit passé. Il n'attendait personne. Peut-être était-ce le diable qui venait passer un marché. Michel songea qu'en l'état actuel des choses, il n'aurait pas un grand pouvoir de négociation. Mais ce n'était que Karen, qui semblait, elle aussi, avoir un grand besoin de vodka.

— C'est fini ! J'arrête !

— Tu arrêtes quoi ?

— Tout ! Ça y est, j'en ai marre de ces plans foireux de castings de merde, plein le cul ! À chaque fois c'est le même bordel, putain ! Je suis vraiment la reine des connes de penser que je pourrais être comédienne.

Karen avala cul sec le verre que Michel venait de lui servir.

— C'est vrai, je suis pas la fille de, ni la femme de, ni la nièce de, même pas une cousine éloignée de, je couche pas, je taille même pas de pipes aux producteurs, et pour couronner le tout, je viens de me faire virer du supermarché, emploi avilissant à souhait mais qui me permettait quand même de payer le loyer de cette putain de chambre de service de merde sous les toits où je crève de chaud l'été et où je me gèle le cul l'hiver, où j'entends les voisins baiser, et où les toilettes sur le palier me donnent envie de me suicider, mais tout ça je m'en foutais, tout ça c'était le prix à payer, tu vois, la dot pour devenir actrice quand on a pas un rond. Mais je viens de réaliser que…

Karen avala sa deuxième vodka et fit signe à Michel qu'il pouvait re-remplir son verre.

— … je viens de réaliser que ça ne marchera pas, que la vie c'est juste courir dans la merde après quelque chose que de toute façon t'attrapera jamais parce qu'il y aura toujours quelqu'un pour te passer devant. Alors c'est fini. Je serai peut-être jamais une actrice, mais au moins, j'aurai plus à encaisser toutes ces déceptions de merde qui me tuent. Ma vie ne sera désormais plus qu'une lente agonie régulière et sans surprise, tu vois. Quelque chose de calme et serein. Je me trouverai un autre boulot pourri avec un patron à la con bien comme il faut, qui me fera des réflexions humiliantes, mais qui me donnera mon SMIC avec lequel je pourrai rien m'acheter bien sûr, mais qui paiera au moins mon loyer et les pâtes. Une petite vie bien tranquille. Tu sais, c'est peut-être un message du destin qui me dit que je ne suis pas faite pour être actrice.

Michel comprit tout de suite que ce n'était pas une petite crise de confiance. Karen avait l'air vraiment décidée à tout arrêter, il ne l'avait jamais vue aussi désespérée, et cela lui faisait mal.

— Qu'est-ce qui s'est passé ?

— Oh ! rien de plus que d'habitude. Mon agent m'a envoyée sur un casting, un vrai, pas une grosse chiotte genre vendre des beignets en short, et j'ai passé les essais, et j'ai éliminé toutes les candidates, alors que j'avais les mollets qui ressemblaient à deux pinces de homard, c'est dire si je partais avec un handicap, et ils m'ont dit que c'était moi qui étais vraiment la meilleure. C'était un premier rôle avec John dans le rôle principal. Je sais pas si tu imagines, mais ça veut dire un carton au box-office, mon nom partout, du fric, des rôles intéressants, enfin tout quoi. Et puis j'ai eu mon agent au téléphone qui m'a dit que la fille d'un réalisateur, Agathe, avait rencontré le producteur, et qu'ils l'avaient finalement choisie, même s'ils avaient dit à mon agent que j'avais du talent et que c'était vraiment moi la meilleure. Meilleure mon cul, à quoi ça me sert d'être la meilleure si c'est pour me faire tacler par une sale pute de fille de mon cul ! Michel, je t'assure que cette fille est vraiment, vraiment la pire actrice que j'aie jamais vu jouer.

Cela faisait deux mon cul en une seule phrase. Karen était vraiment hors d'elle, ce qui la rendait très vulgaire mais atrocement sexy. Elle se tourna vers Michel et le regarda droit dans les yeux, pour bien marquer la sincérité de sa déclaration. Son haleine sentait un peu l'alcool. Elle se mit à imiter Agathe.

— Mais que faites-vous ? – Un temps – De quoi avez-vous peur ? – Un temps – Il faut absolument que nous retrouvions Emma avant Paolini ! Nous n'avons pas de temps à perdre James.

Michel regardait ses lèvres bouger, et il lui prit une incroyable envie de l'embrasser, là, maintenant, alors qu'il n'avait plus rien à perdre. Ce qu'il aurait probablement fait si Karen n'avait pas soudainement attrapé le dossier « TOP SECRET » posé sur la table basse.

— « TOP SECRET » ? MmmMmm…

Michel tenta de le lui reprendre, mais Karen esquiva et se plongea dans sa lecture. Les quelques secondes qui suivirent furent assez pénibles pour Michel. Non seulement il allait devoir avouer à Karen qu'il lui avait menti en lui cachant qu'il n'était plus rédacteur en assurances, mais en plus, il allait devoir lui annoncer qu'il avait effectivement écrit un film dont elle tenait effectivement un des rôles principaux, lequel film ne se faisait finalement plus, ruinant d'une pierre deux coups leurs espoirs respectifs. Le sort s'acharnait sur lui.

— Tu as écrit un film ?

— Écoute, je voulais te faire la surprise de t'offrir un rôle, mais les financements… tout ça, c'est très compliqué et…

Mais Karen ne l'écoutait pas, en immersion totale dans le dossier. Michel reprit un verre de vodka. Il allait entrer dans les détails de l'aventure, et essayer de rattraper du mieux que les circonstances le lui permettaient les folies de François, mais Karen bondit de son canapé en hurlant : « C'est GÉNIIAAAAAALLLLL !!! » Michel, ne sachant trop que répondre, laissa couler le flot de paroles de Karen, qui continuait de sautiller dans tous les sens à travers la pièce.

— Tu as eu l'idée du siècle ! Michel, c'est génial ! Tu es un génie, je suis tellement excitée ! Mais pourquoi tu ne me l'avais pas dit ? Hé ! Je suis de la partie, hein, pour tout ce qui est phase de préparation tout ça, je veux vous aider, je veux me mouiller moi aussi ! Oh, mon Dieu ! ça va être tellement extraordinaire ! Et dangereux aussi !!!...

Michel récupéra le dossier « TOP SECRET » et y jeta un œil pour vérifier qu'ils parlaient bien du même projet. François y développait bien l'idée qu'il lui avait présentée dans la soirée : comment kidnapper les six plus grands acteurs du moment pour réaliser un film sans budget.

▪▪▪

Hadrien faisait les cent pas dans son loft de Saint-Germain en répétant inlassablement son texte. Il insistait tout spécialement sur les tirades en hongkongais qui lui donnaient du fil à retordre et le forçaient à réécouter sans cesse la prononciation sur son iPod, chaque mot lui demandant un douloureux effort. Le chemin était encore long pour qu'il arrive à maîtriser parfaitement ces répliques. Bikini n'avait rien dit des révélations qui lui avaient été faites lors de sa visite chez son ami créateur. Elle feuilletait son *Grazia* en jetant des regards furtifs vers Hadrien, puis, n'y tenant plus, elle se lança :

— Oh, et dis-moi Hadrien, est-ce que tu as des nouvelles d'Audrey ?

Hadrien, qui connaissait assez bien Bikini, se douta qu'elle avait déterré un os, mais ne sachant de quoi il était question, décida d'avancer prudemment, resta assez évasif et le plus détaché de la conversation qu'il le pouvait.

— Oui, enfin, sans plus, tu sais comment c'est.

— Non, comment ?

Hadrien tiqua. Ce genre de réponse de la part de son adversaire (car il ne s'agissait alors plus d'une petite amie mais d'une redoutable adversaire) ne laissait rien augurer de bon.

— Eh bien, tu sais, tu croises les gens, tu échanges quelques banalités…

— Oh, oui. Et tu sais si elle a des projets en ce moment ?

Bikini devait savoir quelque chose, sinon elle aurait abandonné la conversation ou déjà déclenché les hostilités. Là, il n'était pas question d'une attaque frontale mais plutôt d'une sorte d'interrogatoire avec dossier. Restait à savoir ce que contenait le dossier. Il faudrait être très subtil, car si Bikini ne pouvait pas connaître les sentiments d'Hadrien pour Audrey, elle pouvait être au courant d'un détail anodin comme de toute l'affaire. Hadrien devait donc lui paraître sincère en lui avouant ce qu'elle savait déjà, mais sans s'aventurer plus loin dans la confidence.

— Pourquoi, tu t'intéresses à Audrey maintenant ?

— Je m'intéresse surtout à tes projets, mon chéri.

Elle savait. C'était certain, sinon pourquoi feraitelle un tel sous-entendu ? En quelques secondes, Hadrien décida d'avouer le strict minimum, pour voir. Après tout, le couple n'est rien de plus qu'un

Texas hold'em, et il faut miser un peu pour deviner ce que l'adversaire a dans son jeu.

— Eh bien, je ne te l'avais pas dit parce que je savais que ça ne te ferait pas plaisir, mais Diane a été engagée par Woody Allen et c'est justement Audrey qui a repris son rôle dans *Nuit à Hong Kong*.

— C'est étrange que l'on ne m'ait pas proposé le rôle...

— Tu sais, je crois que le producteur avait déjà Audrey en tête lorsque j'ai appris que Diane ne pouvait plus le faire.

— Non, je voulais dire, c'est étrange que tu ne m'aies pas parlé de ce désistement.

Le rythme cardiaque d'Hadrien s'accéléra d'un coup. Savait-elle qu'il avait recommandé Audrey? Pouvait-elle avoir la quinte flush? D'un coup d'œil discret, il examina Bikini. Quitte ou double. Le moment était venu de faire tapis ou de se coucher. Hadrien misait gros ce soir, et choisit de bluffer.

— J'ai parlé de toi au réalisateur, mais il a trouvé que tu étais trop sexy pour le rôle. Il voulait une fille plus passe-partout, moins éclatante.

Le mensonge était énorme, mais Hadrien avait vu tellement de choses démesurées dans sa vie qu'il tenta un gros coup. Bikini s'arrêta dans ce qu'elle feignait de faire, marqua une pause, et fit un grand sourire à Hadrien. Victoire! Finalement, Bikini n'avait qu'une petite paire... contrairement à Hadrien.

— Je dois reconnaître que s'il voulait une fille banale et sans intérêt, il a fait le bon choix, c'est certain.

Elle ne pouvait pas s'en empêcher, pensa Hadrien, c'était plus fort qu'elle, il fallait qu'elle démonte

Audrey, qu'elle la rabaisse. Hadrien eut soudain envie de tout déballer, comme ça, comme une balle dans la tête, rapide et efficace, mais Bikini était déjà à l'autre bout de l'appartement et ne l'entendait plus.

∎∎∎

Olga était méconnaissable avec cette perruque, ces gigantesques lunettes noires et cet imper sombre. Elle-même s'arrêta devant une glace et eut du mal à se reconnaître. Elle n'utilisa pas sa voiture, et descendit dans le métro. Olga détestait cela, mais elle y était contrainte car, de nos jours, le personnel n'était plus ce qu'il était. Combien d'amis à elle avaient été trahis par leurs employés ? Ces gens n'avaient aucune morale et n'hésitaient plus à trahir leur employeur pour quelques milliers d'euros. Olga ne le savait que trop bien, elle avait d'ailleurs déjà utilisé ses gens de maison pour faire courir les rumeurs les plus folles à son sujet et revenir dans l'actualité. C'était de bonne guerre. Mais dans le cas présent, elle ne pouvait pas se permettre de faire confiance à son chauffeur, l'enjeu était trop important. Quant aux taxis, son timbre de voix aurait pu la trahir, et Olga ne voulait prendre aucun risque. Le gant agrippé à une barre qu'elle devinait poisseuse, l'actrice renommée eut du mal à contenir son dégoût lorsqu'un SDF qui avait dû traîner dans la merde pour empester à ce point fit son entrée dans la rame. Olga retint son souffle. Le wagon était bondé, elle ne pouvait ni descendre ni bouger. Mais le véritable calvaire commença lorsque l'homme entama son discours. Un ton sobre, qui se voulait solennel, entrecoupé par des quintes de toux grasse et des projections de postillons, le tout porté par une haleine… comment dire… Olga se demanda comment une odeur pareille pouvait sortir de la bouche d'un être humain, car derrière cet écran de crasse vivait un être humain, et c'est l'idée à laquelle Olga se raccrochait pour ne pas tomber dans les pommes. Mais l'homme, emporté par le récit de sa vie, se mit soudain à faire des gestes plus ou moins amples pour illustrer son propos, gestes qui, mêlés à la moite tiédeur du wagon, exhalèrent l'odeur chaude de transpiration collée par la crasse qu'il avait jusqu'à présent réussi à contenir dans son manteau. C'en était trop pour Olga, qui se jeta littéralement sur le quai de la station suivante et termina le chemin à pied. Elle avait l'impression d'avoir attrapé des puces, des milliers de puces, qui sautaient joyeusement sur elle, sans parler de cette odeur de clochard qui ne la quittait plus. Olga arriva enfin au lieu de rendez-vous, un troquet appelé Les Lucioles. L'homme qu'elle attendait n'était pas encore arrivé. Elle commanda un Schweppes et s'assit au fond de la salle. Un quart d'heure plus tard, il s'installa en face d'elle.

— Vous êtes en retard.

— Vous avez l'argent ?

Olga lui tendit une enveloppe kraft assez épaisse. L'homme jeta un rapide coup d'œil au contenu, puis lui remit à son tour une enveloppe kraft avec une grosse tache d'encre bleue. Olga jeta elle aussi un rapide coup d'œil à l'intérieur, puis se leva et tendit la main à son interlocuteur.

— Ce fut un plaisir de faire affaire avec vous.

— Pour moi aussi, chère madame.

Olga posa un billet de vingt euros sur la table – « C'est pour moi » – et disparut.

L'homme la regarda s'en aller, puis recompta les billets dans son enveloppe. Lulu arriva pour prendre sa commande.

— Ben dis donc, Rico, t'as gagné au tiercé ou quoi ?

— En quelque sorte… Apporte-moi un truc fort s'il te plaît, n'importe quoi, et tiens, ça, c'est pour mon ardoise.

Rico glissa quatre billets de cinquante à Lulu.

— Je remets les compteurs à zéro, mais le whisky, c'est pour moi.

▪▪▪

Michel fut réveillé par des éclats de voix provenant du salon. Il ouvrit les yeux, se redressa et presque aussitôt sentit les premiers coups de marteau frapper l'intérieur de son crâne. La bouche pâteuse, le regard vitreux, Michel fit un effort surhumain pour garder l'équilibre en se levant. Il avala deux Doliprane posés sur sa table de chevet, enfila les affreux chaussons que sa mère lui avait offerts pour Noël mais qu'il mettait quand même par respect, et se dirigea tant bien que mal vers la source du bruit. Il découvrit Karen et François, surexcités, assis par terre au milieu du salon, en train de griffonner des flèches et des petits bonshommes sur des plans divers.

— On a pratiquement fini de tout mettre en place, ça va être parfait. On a pensé à tout je crois !

Michel se demandait comment Karen pouvait être aussi fraîche de si bon matin alors qu'elle avait bu plus que lui la veille.

— Laissez-moi d'abord boire mon café.

Michel se jeta sur la cafetière salvatrice, abandonnant Karen et François à leurs complotages, avec cependant un arrière-goût de grosse connerie qui se préparait.

Une fois le mélange paracétamol/caféine ayant fait son effet, Michel retrouva à peu près sa lucidité et prit quelques minutes avant de retourner au salon. Après tout, il n'avait plus rien à perdre, hormis peut-être sa liberté d'aller et venir. Mais à quoi pourrait bien lui servir cette liberté s'il n'avait pas les moyens d'en profiter ? Et puis merde ! Au pire, Michel se dit qu'il irait en prison, il serait nourri, logé, et écrirait un bouquin sur son histoire dont il vendrait les droits d'adaptation à condition de pouvoir réaliser – ou au moins coréaliser. C'était un *win-win bargain*, comme disent les Américains. Michel retourna donc au salon et se mit à conspirer avec son équipe.

■■■

John dégaina son BlackBerry plusieurs fois, afficha le numéro de son agent, mais ne put se résoudre à appuyer sur la touche appel. Il devait accepter le rôle, il avait retourné le problème dans tous les sens, mais pourtant il n'arrivait pas à donner son feu vert. Le maître d'hôtel l'avertit que Mlle Katarina était arrivée. John reposa son BlackBerry sur la cheminée en marbre. Katarina était une call-girl de luxe que John avait l'habitude de voir lorsqu'il était à Paris. Originaire de Russie, Katarina avait été repérée à l'âge de treize ans par une agence de mannequins qui l'avait embarquée à Paris. Elle avait fait quelques photos de mode et avait surtout défilé pour des créateurs. Cela marchait plutôt bien pour elle, Marc J. l'ayant même envisagée à un moment comme égérie de sa collection. Mais Katarina avait malheureusement rencontré les mauvaises personnes, fréquenté les mauvaises soirées et abusé des mauvaises drogues. De là, les événements s'étaient enchaînés rapidement. Un rendez-vous manqué, puis deux, l'agence l'avait virée, Katarina avait dû rendre son appartement, vendre ses derniers biens et, à seize ans, la jeune Russe n'était plus qu'une star déchue avant même d'avoir brillé. Une fois encore, sa beauté l'avait sauvée. Lino T., un mafieux notoire qui se rendait à un rendez-vous d'affaires, avait croisé Katarina sur son chemin et l'avait envoyée en cure de désintoxication avant de la confier aux bons soins de Mme C., une… comment dire… une sorte d'entremetteuse de haut vol pour hommes politiques et stars du show-business. Katarina avait dans un premier temps refusé de pratiquer ce qu'elle considérait comme de la prostitution, mais en discutant avec d'autres filles de Mme C., elle avait appris que cette activité somme toute peu exigeante était fort lucrative, ce qui avait modifié du tout au tout son point de vue sur la question. John avait été son premier client, et son premier amour. Il lui avait laissé tellement d'argent qu'elle avait pu faire vivre sa famille restée en Russie pendant six mois entiers. Et à chaque visite, John était très généreux avec elle, ce qu'on ne pouvait pas dire de tous les hommes dont elle partageait le lit. Mais ce n'était pas qu'une question d'argent. Elle avait, du moins il lui semblait, de vrais sentiments pour John. Elle sentait comme une grande solitude chez cet homme pourtant adulé par des millions de fans à travers le monde entier. Elle aussi se sentait terriblement seule. En arrivant à Paris, elle avait acheté une carte postale dans le quartier Latin qui citait Alphonse de Lamartine : « Un seul être vous manque et tout est dépeuplé. » Elle trouvait ça beau. Elle avait dit au vendeur :

— Et quand tout le monde vous manque, qu'est-ce que c'est ?

— C'est soixante centimes. Vous voulez une enveloppe ?

Katarina n'avait pas pris d'enveloppe, elle n'avait jamais posté la carte.

Katarina sourit à John et commença sa journée de travail. John s'abandonna aux caresses de la jeune fille, nota mentalement qu'il appellerait son agent avant la soirée de gala et sombra dans les abysses du plaisir.

■ ■ ■

Michel s'était tenu un peu à l'écart des deux autres dans l'élaboration du plan. Non pas qu'il éprouve encore quelques réticences à kidnapper les acteurs de son film, mais Michel était quelque part un peu jaloux de la complicité qui unissait Karen et François. C'était idiot, il le savait, mais il ne pouvait empêcher ce sentiment. Michel se rassurait en se disant que cette effervescence tenait à l'éphémère nouveauté du projet, et que sitôt le véritable travail commencé il pourrait reprendre sa place de créateur, et être le cœur de l'aventure. Michel s'imaginait sur son île, dirigeant avec maestria toute la pléiade de comédiens, et Karen, admirative de son talent, lui faisant une touchante et sincère déclaration d'amour.

— À quoi tu penses ?

Évidemment, Michel n'allait pas être honnête, c'eût été un peu déplacé. Pris de court, il s'empara du plan, et posa la première question qui lui vint à l'esprit :

— Et pour l'avion on fait comment ?

— J'ai trouvé une compagnie d'aviation sur Internet. Le problème, c'est que c'est un peu cher, ça voudrait dire faire des économies sur le reste, nourriture, pellicule...

— Oui et puis pour la confidentialité, merci ! Faire tout ce boulot pour se faire dénoncer sur la ligne d'arrivée... Non, il nous faut quelqu'un de confiance.

— Je suis d'accord mais j'ai pas de contacts chez Air Kidnapping !

Michel était plongé dans ses pensées quand soudain il se souvint de quelque chose, ou plus exactement de quelqu'un.

— Je connais quelqu'un.

■■■

Au bar des Lucioles, l'ambiance était tendue entre Bob et Lulu. Bob était tombé sur une relance de la banque que sa compagne n'avait pas eu le temps de planquer avec les autres sous l'armoire du salon. S'en était suivie une violente dispute entre eux à propos de la confiance dans un couple, du fait que Bob avait trompé Lulu en 2003 avec la préposée aux shampoings du salon de coiffure un peu plus haut dans la rue, ce qui avait contraint Lulu à changer de coiffeur, et de trottoir lorsqu'elle passait devant le salon.

— Une fois, *une* fois je t'ai trompée, et tu vas me le reprocher toute ma vie bordel ?

— Ah oui, c'est ça, c'est moi la chieuse, non mais vas-y, t'as qu'à tout me mettre sur le dos pendant que t'y es ! Ah, c'est la meilleure !

— Lucienne, arrête ça tout de suite ! De toute façon tu n'as pas confiance en moi, tu ne m'aimes pas, tu restes avec moi parce que t'as peur d'être toute seule, mais tu ne m'aimes pas, je le sais !

— Mais mon pauvre ! Mooon pauvre ! Si je ne t'aimais pas, tu crois que je supporterais ton caractère de cochon, ton alcoolisme chronique, tes crises existentielles, et… et… et de ne pas avoir d'enfants ? Mais ça ferait un bail que j'aurais mis la clé sous la porte et que je serais partie loin de toute cette merde ! Et d'ailleurs, puisque tu soulèves la question, je ne suis plus certaine que tout l'amour que je te porte fasse le poids contre ce que tu me fais vivre. Je ne suis plus sûre de t'aimer assez pour supporter cette vie, Bob.

Lulu était allée trop loin, elle le savait. Bien sûr qu'elle aimait encore Robert, et qu'elle l'aimerait quoi qu'il arrive. Mais il lui fallait un électrochoc, se dire que peut-être il pouvait la perdre. Elle voulait qu'il réagisse, qu'il se mette à genoux et qu'il lui fasse une déclaration d'amour, comme dans les films américains. Oh oui, elle aurait aimé que Robert lui dise qu'il l'aime, qu'il ne voulait pas la perdre, qu'il voulait fonder une famille avec elle, loin de tous leurs problèmes, quelque part, n'importe où au soleil.

Mais au lieu de ça, Bob ne dit rien. Il se figea, comme si les paroles de Lulu étaient autant de claques qu'il prenait en pleine face, autant de révélations qui lui explosaient au cœur. Ce n'était pas l'effet que Lulu escomptait, elle ne voulait pas qu'il prenne tout ce qu'elle venait de dire à la lettre, c'était une dispute – n'était-ce pas le principe même d'une dispute que de s'emporter et de prononcer des mots qui dépassent notre pensée ? Robert descendit au bar et laissa Lulu seule dans la pièce, à se demander si elle n'avait pas fait une énorme erreur avec sa théorie de l'électrochoc. Lucienne attendit quelques instants avant de descendre. Elle voulait être sûre qu'une fois en bas, elle ne verserait pas de larmes devant les clients, mais ses yeux ne pleuraient pas, ils n'étaient même pas humides. Lulu était plus dépassée par ce qui venait de se produire qu'autre chose. Qu'avait-elle fait ? D'habitude, chacun criait un peu, puis ils se tombaient dans les bras, et la plupart du temps ils faisaient l'amour, car rien n'est meilleur que l'amour après la tempête. Mais cette fois, les choses étaient différentes, Lulu n'avait jamais vu Bob réagir comme ça, et cela l'effrayait, oui, Lulu était effrayée plus qu'autre chose.

Lorsqu'elle descendit, Bob n'était pas à sa place habituelle, il s'était mis tout au fond du bar, et sirotait un verre d'alcool. Elle fit comme si de rien n'était, servit les quelques clients de passage et essuya les verres pour se donner une contenance. Lulu fit la conversation à deux ou trois habitués, cela faisait partie de son travail, le service après verre comme elle disait. Mais elle savait que dans son dos, Robert l'observait. Et en même temps qu'elle débitait ses banalités sur la météo ou le tiercé, elle essayait de se rappeler ce qu'elle avait dit à Bob, se demandant s'il avait tiqué sur quelque chose de précis. Était-ce les enfants ? Lulu avait fait quelques allusions, que Bob n'avait pas relevées, mais n'avait jamais réellement abordé le sujet avec lui. En réalité elle aurait aimé que cela vienne de lui, et elle était partagée entre son propre désir et la volonté de ne pas imposer une responsabilité à quelqu'un qui ne manifestait aucun désir de paternité. À moins que ce ne fût le « je ne suis plus sûre de t'aimer assez », qui, elle le reconnaissait, était assez violent. Mais peut-être était-ce tout simplement les réflexions sur son caractère ou son penchant pour l'alcool… Lulu se demandait combien de temps cette ignorance mutuelle allait durer lorsque le téléphone sonna. Hormis l'administration et sa mère qui était décédée l'an dernier, personne n'appelait plus Robert « Robert » depuis un bail. Aussi cela lui fit un drôle d'effet quand l'homme à l'autre bout du fil demanda à parler à Robert Lafontaine. Lulu, qui était malgré tout d'un naturel curieux, demanda qui était à l'appareil.

— De la part de Michel Mouton, s'il vous plaît.

Gala de charité

John attendait son agent en coulisse, tout en relisant son discours d'invité d'honneur. Rosemary lui avait laissé un message, elle était coincée à l'autre bout de Paris avec un réalisateur australien de passage qu'il fallait absolument qu'elle voie. John avait bien essayé de la joindre, mais il tombait sans cesse sur sa boîte vocale. Il jeta un œil dans la salle. La branche française de la grande famille du cinéma n'était pas si différente qu'ailleurs. John entraperçut Bikini, qu'il avait croisée à une cérémonie de remise des prix aux États-Unis, une jolie fille. Puis son regard fut attiré par l'écran de retransmission de montée des marches. Olga et Danièle étaient arrivées en même temps, et John sourit à l'idée que deux des plus grandes actrices françaises, qui plus est à leur âge, puissent encore se battre pour les faveurs des photographes. Bien évidemment l'idée de combat étant ici purement imagée, quoique… Danièle posa négligemment le pied sur la robe d'Olga qui manqua de trébucher, ce qui permit à Danièle de devancer sa consœur afin de mieux la cacher sur les photos. Olga en background de Danièle, cela faisait 1-0. Mais le match ne faisait que commencer…

■■■

Dans l'obscurité, Michel et François attendaient anxieusement le signal de Karen. Il n'était que vingt heures, et les deux hommes devraient encore prendre leur mal en patience un petit moment, l'action ne devant débuter qu'une demi-heure plus tard. Ensuite il faudrait agir vite. Michel s'alluma une clope.

— Oh, c'est pas vrai Michel, tu refumes ?

Michel baissa les yeux d'un air coupable.

— T'en veux une ?

François saisit la cigarette et la porta à ses lèvres.

— Michel, je dois te dire un truc.

— T'es amoureux de moi ?

— Ta gueule. Non, c'est pas ça, même si je suis sûr que ça t'aurait fait plaisir. Non, c'est à propos du kidnapping.

— Chuuuuuut… t'es fou ! Quelqu'un pourrait nous entendre !

François passa la tête à travers la vitre. La rue était déserte.

— Mais tu vois bien qu'il n'y a personne ! Tu veux que je dise quoi ?

— Mais je sais pas moi !

Michel resta pensif quelques secondes puis :

— L'opération Coquelicot !

— Coquelicot ?

— Oui, Coquelicot, c'est parfait, discret, sobre, élégant !

— Oui, enfin on cherche pas une marque non plus.

— Toujours critiquer, tu peux pas t'en empêcher, hein ? Propose quelque chose puisque t'es si malin !

— Putain de merde !

— Ah oui, là, c'est nettement moins élégant. Ça m'étonne de toi parce que…

— Non ! putain de merde ! Karen est en avance sur le timing !

François pointa du doigt une forme sombre derrière les grilles, dans les jardins de l'hôtel particulier où avait lieu la réception. Michel inspira profondément et démarra la camionnette pour aller se garer derrière le parc. François attrapa une lampe torche.

— Bah, pourquoi tu prends une lampe torche, y a des réverbères partout !

François haussa les épaules, sortit du véhicule une tenaille à la main, et se débarrassa rapidement des chaînes protégeant le portail. Il rejoignit le bâtiment, d'où Karen était effectivement en train de faire glisser un corps par la fenêtre du rez-de-chaussée. Il s'agissait de Dov. Une fois le passage de relais finalisé, Karen retourna à l'intérieur tandis que François porta la star inerte jusqu'au camion. Plus que cinq. Michel et François se regardèrent sans rien dire, puis Michel fut pris d'un fou rire nerveux qu'il n'arrivait pas à contrôler.

À l'intérieur, la soirée commençait à prendre forme. Karen savait qu'il fallait agir et avec discrétion. Elle s'avança vers sa prochaine cible, Hadrien, et lui appliqua la même méthode.

— Bonsoir, Hadrien !

— Bonsoir… vous êtes ?

— Marianne B., *Paris Match*. Je réalise un reportage sur la soirée la plus en vue de l'année, et je pose quelques questions aux invités les plus prestigieux. Auriez-vous quelques instants à m'accorder ?

— Bien entendu !

— Parfait ! Suivez-moi, je connais un endroit où nous serons plus au calme, cela ne durera que quelques minutes.

Karen escortait Hadrien dans l'un des salons attenant à la salle de réception lorsqu'ils furent interceptés par Audrey.

— Hadrien ! Enfin ! Où étais-tu, je t'ai cherché partout ! Je voulais te présenter un ami producteur.

Audrey s'arrêta lorsqu'elle réalisa qu'Hadrien était accompagné.

— Audrey, je te présente, heu…

— Marianne B., enchantée. Hadrien, nous devrions peut-être y aller maintenant.

— Oui, Marianne réalise un reportage sur cette soirée et interview les personnalités les plus prestigieuses. Peut-être… je ne sais pas… mais peut-être qu'Audrey pourrait se joindre à nous, qu'en dites-vous, Marianne ?

— Oh, mais j'en serais ravie !

Karen réfléchit très vite. Audrey était elle aussi sur la liste. Mais deux stars d'un seul coup, cela faisait beaucoup à gérer. Après tout, Karen n'avait guère le choix.

— Mais pourquoi pas ! Voilà une idée lumineuse ! Allons-y !

Karen saisit les deux coupes de champagne spécialement préparées et les tendit à ses invités. Puis elle leur demanda de patienter un instant, pour qu'elle installe son magnétophone. Mais aucun des deux ne buvait. Il lui fallait trouver quelque chose. Sinon tout serait fichu. Elle saisit une coupe et porta un toast.

— À cette fabuleuse soirée ! À vos carrières !

Hadrien et Audrey se regardèrent, probablement déconcertés par ce geste original venant d'une journaliste, mais burent néanmoins quelques gorgées de Veuve Clicquot. Karen posa une première question, à laquelle ni Hadrien ni Audrey n'eurent le loisir de répondre puisqu'ils sombrèrent dans un profond sommeil. Karen poussa un soupir de soulagement, et fit signe à François de venir l'aider.

— Deux ? C'est pas ce qui était prévu, Karen !

— Si tu crois que j'ai eu le choix, et puis hein, je fais ce que je peux ! Si tu n'es pas content, tu n'as qu'à le faire toi-même ! Vas-y puisque t'es si malin !

— Oui, bon, excuse-moi, c'est pas ce que je voulais dire…

Michel observait la scène depuis le siège conducteur et se demandait pourquoi cela prenait plus de temps que la première fois. Il se concentra sur François et réalisa que celui-ci lui faisait signe de venir. Michel était mal à l'aise à l'idée de devoir laisser la camionnette seule, avec Dov à l'intérieur. Ce n'était pas prévu, ce n'était pas comme ça que ça devait se passer, pensa Michel tout en mordillant nerveusement sa lèvre inférieure.

Karen était retournée à la réception, et s'attaqua au point épineux de l'opération Coquelicot : John. John était à l'écart, dans un carré VIP, un garde du corps à ses côtés. Il serait difficile de l'isoler. Mais Karen n'avait pas le choix, il lui fallait tenter quelque chose.

Michel se décida enfin à rejoindre François.

— Ah ben, t'en as mis du temps hein !

— C'était pas dans le plan !

— Oui, eh ben, ça non plus c'était pas dans le plan.

François désigna les deux acteurs étendus près de la fenêtre.

— Je fais ce que je peux moi, hein ! Si t'es pas content, tu n'as qu'à le faire toi-même ! Vas-y puisque t'es si malin !

— Ça va, ça va... Bon alors on fait comment ?

François fixa Michel, incrédule.

— J'en sais rien moi, on n'a qu'à les découper en deux et puis on en prend une moitié chacun !

— OK, OK, j'ai compris. Je prends la fille et toi tu te charges d'Hadrien.

Michel et François transportèrent donc leurs acteurs vers la camionnette, mais au moment d'ouvrir la porte, une surprise les attendait : Dov n'était plus là.

— Mais il est où ?

— Mais je sais pas moi !

— Dov ? Dov ?

— Chuuuuuut, mais t'es con ou quoi ? Tu veux lancer un avis de recherche aussi ?

Michel déposa à son tour son « paquet », et regarda autour de lui. Il faisait noir, il n'y avait personne.

— Qu'est-ce qu'on fait maintenant ?

— Pourquoi tu me demandes ça à moi ?

— Je sais pas, peut-être parce qu'on n'est que deux.

François décida de prendre les choses en main.

— Bon, réfléchissons, il n'a pas pu aller bien loin. Il dormait encore lorsque tu es parti ?

— Évidemment ! Il était complètement cuit.

— Pas si cuit que ça apparemment.

— Oh, je le savais ! On aurait dû s'en tenir au plan !

Michel commença à paniquer.

— Et s'il était retourné à la fête, s'il avait donné l'alerte ? François, personne ne nous a vus, il est peut-être encore temps de faire marche arrière...

— Et Karen ? Hein ? Personne l'a vue elle peut-être ?

— C'est vrai, je n'y avais pas pensé...

— Écoute, on remonte dans le camion et on avise.

La tension était palpable à l'avant de la camionnette. Michel en voulait à François qui n'avait pas suivi le plan, et François en voulait à Michel parce qu'ils n'étaient que deux et qu'il n'avait pas envie de s'en prendre à lui-même.

— De toute façon, je savais que ça allait me retomber dessus tout ça.

— Non, ça ne te serait pas retombé dessus si tu n'avais pas pris des décisions de dernière minute qui ont tout fait foirer !

— Eh, oh ! Je te signale que c'est moi qui me suis coltiné tout le boulot sur ce coup, alors je serais toi, je la mettrais en veilleuse, le grand artiste, parce que sans moi tu serais encore en train de bosser dans ta boîte d'assurances pourrie.

— Ah, tu le prends comme ça ? Mais moi, si j'avais pas été là, tu serais encore en train d'essayer de te pendre dans ton grand appartement vide, mon pauvre !

— Oh, Michel Mouton, le grand sauveur de l'humanité ! Le Messie ! Superman ! Dieu !

— Chuuuut !

— Quoi chut ? Je parle si je veux !

— T'as pas entendu ?

— Entendu quoi ? Tes conneries ?

— Aaaaahhh mais tais-toi, bon sang !

Michel était concentré. François avait encore quelques répliques à sortir, mais il les mit sur pause pour tendre l'oreille. Les deux hommes retinrent leur souffle. François s'apprêtait à reprendre la dispute lorsque à nouveau un bruit sourd les fit sursauter. Ils se regardèrent un instant puis sortirent du véhicule et aperçurent Dov dans le coaltar qui tentait bruyamment de s'extirper de sous la camionnette où il avait vraisemblablement roulé. Michel et François échangèrent un soupir de soulagement et s'approchèrent de la star qui titubait et se mit à chanter de plus en plus fort. Alors que Michel tentait de le faire taire, François lui assena un grand coup de lampe torche qui l'assomma.

— Tu vois que ça sert !

— Mais tu es fou ? Qu'est-ce qui te prend ?

— Qu'est-ce qui me prend ? Il me prend que j'ai pas envie que ce con alerte tout le voisinage ! Voilà ce qui me prend !

— Mais tu l'as peut-être tué !

Dov apporta la réponse à cette question en émettant un ronflement bruyant.

— C'est bon ? On peut continuer « le plan » ?

À l'intérieur, Karen n'était pas au bout de ses peines. Elle avait étudié toutes les possibilités et pour l'instant il lui semblait impossible d'accéder à John. Elle décida donc de poursuivre avec le reste de sa liste. Danièle d'abord, Olga ensuite. Ni l'une ni l'autre ne posèrent de difficultés. Mais voilà, le tour de John était venu et son garde du corps ne le lâchait pas. Karen se rapprocha du buffet quelques instants afin de réfléchir à un plan d'attaque. C'est alors qu'elle aperçut sur la table le dernier numéro de *Vogue*… Karen décida de tenter le tout pour le tout. Elle était actrice et aucun rôle ne lui faisait peur. Elle réajusta son décolleté et s'avança vers la star.

— John ! Quel plaisir de vous rencontrer !

John détourna son regard de la poitrine de ses accompagnatrices.

— Pardonnez-moi, mais il me semble que je n'ai pas eu le plaisir de vous être présenté.

John parlait couramment le français, qui l'eût cru ? Son accent *british* était tellement sexy ! Il plongea ses yeux bleus dans le regard de Karen, qui, si en apparence semblait parfaitement à l'aise, avait du mal à maîtriser le tremblement qui envahissait son corps.

Karen se pencha en avant de façon à offrir à son interlocuteur une vue plongeante dans son décolleté. John manifesta alors quelque intérêt pour la conversation.

— Je suis Marianne B., *Vogue*. Je réalise un article sur l'élite du cinéma international et j'aimerais vous poser quelques questions... si vous y consentez.

À cet instant, l'espèce de prostituée de luxe qui mordillait l'oreille de John sursauta.

— Moi aussi je suis actrice, je m'appelle Ludmilla...

Karen l'ignora.

— Eh bien, ce sera avec plaisir, mais je dois d'abord prononcer mon discours d'inaugurat...

— Ça ne prendra que quelques minutes.

John marqua un temps.

— C'est-à-dire que mon agent doit arriver d'un instant à l'autre et...

— Raison de plus pour ne pas perdre de temps ! Allez, suivez-moi !

Ludmilla se leva.

— Pas vous.

Ludmilla se rassit.

John suivit Karen qui l'emmena au petit salon. Le garde du corps les suivit, et voulut lui aussi pénétrer dans la pièce, mais Karen lui ferma la porte au nez.

— Je suis devant la porte, monsieur, si vous avez besoin de moi.

Karen jeta un regard discret à sa montre. Elle était dans les temps.

— Puis-je vous offrir une coupe de champagne, John ?

— Avec plaisir, Marianne.

John avala la coupe d'un trait, et Karen commença l'« interview ».

— Alors, dites-moi, il paraît que vous avez un nouveau projet avec S. ?

— Tout à fait, comment savez-vous cela ?

— J'ai mes sources…

Karen avait envie de lui poser tout un tas de questions sur le film, à commencer par savoir ce qu'il pensait de sa partenaire pistonnée, mais cela aurait été un peu suspect de la part d'une journaliste de *Vogue*. Le temps passait, et rien ne se produisait. Cet homme était un roc. Karen paniqua : et si le somnifère ne faisait pas effet sur lui ? Si, avec toutes les drogues qu'il avait dû prendre au cours de sa carrière, John avait développé une sorte de résistance biologique ? Que faire, que faire ? De seconde en seconde, Karen guettait le moindre signe de faiblesse chez son interlocuteur, mais rien, John tenait une forme olympique.

— Je suis désolé, Marianne, mais je vais devoir aller prononcer mon discours maintenant… Je pense que vous avez tout ce qu'il vous faut pour votre article.

S'il franchissait cette porte, ce serait fini. Tout serait terminé. Karen devait agir, trouver quelque chose, n'importe quoi, et ce fut n'importe quoi. John fit un clin d'œil à Karen, qui, dans une ultime tentative désespérée, attrapa son bras.

— Un instant, John !

Suivit un court silence, qui pourtant fit à Karen l'impression d'un trou temporel sans fond.

— Je… je dois vous avouer quelque chose, John.

— Oui ?

— Je connais votre secret, John.

— Pardon ?

Karen avait lancé ça comme ça, sans réfléchir, en se disant très rapidement qu'une star de ce rang devait bien avoir au moins un secret à cacher, et que, comme elle se le répétait souvent : « Perdu pour perdu, tant pis. »

— Je connais votre secret.

— Mais de quoi parlez-vous ?

— Vous savez très bien de quoi je parle, John.

Karen tendit une coupe de champagne à son interlocuteur car elle se dit que si jamais John savait de quoi elle parlait, il aurait sûrement besoin d'une coupe. Elle-même, si elle avait su de quoi elle parlait, aurait certainement pris un verre. Et comme dans un conte de fées, ou plutôt comme dans un conte de fées un peu noir et un peu torturé qui n'a en réalité rien à voir avec un conte de fées, John prit la coupe, et la but. Maintenant, Karen n'avait plus qu'à jouer la montre.

— Que voulez-vous ?

Que voulait Karen ? En finir, qu'il tombe par terre, qu'elle le remballe dans le camion, et que le tournage puisse enfin commencer.

— Dansez avec moi.

« Dansez avec moi » ??? Karen n'avait rien trouvé de mieux sur le moment pour retenir plus longtemps l'acteur.

— Vous voulez que je danse avec vous ?

— Oui, là, maintenant, dansez avec moi, et nous serons quittes.

John semblait tout aussi surpris par la demande que Karen. Il tendit la main à la jeune femme, et ils balancèrent leurs corps ensemble pendant quelques secondes, puis John dit qu'il ne se sentait pas très bien, et, toujours très smart, eu la délicatesse de s'allonger sur le canapé avant de vraiment s'écrouler comme un sac. Karen poussa un soupir de soulagement.

▪▪▪

Maude avait passé la soirée au bras de son mari, à lui murmurer des mots tendres, et à le présenter à tout le monde comme le comédien le plus talentueux de sa génération. Duvivier ne supportait plus d'être traité comme un animal de foire en promotion que l'on essaie de vendre à qui en veut.

« Oui, je le veux. » En prononçant ces mots, Paul Duvivier savait pourtant qu'il commettait la plus grosse erreur de toute sa vie. Il avait eu la même désagréable sensation que lorsqu'il avait signé pour cette daube américaine dont le bide au box-office lui avait coûté plusieurs années de galère cinématographique. Pourtant il avait dit oui. Il avait souri et avait même embrassé la mariée, sa femme, qui rayonnait de joie. Ses yeux pétillaient. C'en était écœurant.

Maude était la fille du plus gros distributeur ciné européen. La carrière de Duvivier était alors plus un vestige qu'une actualité. Les scénarios se faisaient de plus en plus rares, les jeunes réalisateurs le pensaient trop cher, les plus confirmés ne le trouvaient pas assez ouvert à l'international. Les impôts en revanche avaient rétabli l'exacte vérité sur ses salaires et l'avaient contrôlé positif à la fraude fiscale. Son ami ministre et protecteur ayant eu un différend avec le président avait plongé pour détournement de fonds publics, et Duvivier s'était retrouvé ruiné, dans son loft de Saint-Germain-des-Prés. Aussi, lorsque au cours d'un dîner organisé par l'une de ses nombreuses connaissances, il avait été présenté à Maude, une jeune femme qui vouait une admiration sans faille à son talent de comédien, il avait été flatté et s'était enorgueilli de tant de louanges. Ce qui aurait dû n'être qu'une petite histoire avait cependant pris une tournure inattendue lorsque Duvivier avait reçu un lundi matin un appel du père de Maude lui demandant ses intentions à l'égard de sa fille. Duvivier avait assuré qu'il éprouvait des sentiments sincères à l'égard de Maude, ce qui était toujours vrai même si ces sentiments étaient devenus l'exaspération et le dégoût. De fil en aiguille, Duvivier avait été contraint, oui, parfaitement, contraint d'épouser cette fille. Et maintenant il avait la bague au doigt, pour ne pas dire la corde au cou. Elle n'était pas laide, non, elle était même plutôt jolie, jeune, bien éduquée, une vraie fille à papa. Mais elle l'énervait, avec ses sourires, son bonheur bourgeois, ses soupirs lorsqu'ils faisaient l'amour… tout cela le répugnait. Et plus elle l'aimait, plus elle le révulsait. C'était comme ça. Presque une allergie. Paul Duvivier ne savait pas combien de temps encore il pourrait tenir à ce rythme. Il espérait que beau-papa appuie son dossier sur certains films pour qu'il puisse vite partir sur un tournage, n'importe quoi, n'importe où, loin de sa femme.

Mais en attendant, il dansait et jouait la comédie du bonheur devant un parterre d'invités triés sur le volet.

Alors bien sûr, oui, elle faisait cela pour son bien. Mais c'était là le problème, elle faisait tout, elle gérait tout, ni Paul ni Duvivier n'avaient plus la moindre indépendance, il avait l'impression d'avoir épousé sa mère, une femme qui ne veut que son bien, qui décide de tout pour lui, qui gère sa vie à sa place. Il était coincé et il le savait. Quitter Maude, c'était tirer définitivement un trait sur le cinéma.

Duvivier profita du moment où sa délicieuse épouse bavardait avec un gros producteur, qui s'avérait également être son parrain, pour sortir fumer une cigarette. Maude pensait qu'il avait arrêté, mais Duvivier ne comptait pas lâcher ce dernier petit espace de liberté sur lequel elle n'avait pas encore pissé. Il décida de s'aérer un peu, la soirée risquait d'être longue et pénible, il avait besoin d'air frais. Duvivier entama un tour de pâté de maisons. Il repensa à l'époque où il avait le vent en poupe. C'est drôle comme les gens peuvent changer, lorsque tout marchait pour lui, tout le monde était son ami, chacun le voulait à sa soirée. Duvivier n'était pas naïf, il savait que la plupart des gens tournant autour de lui étaient intéressés, happés par l'odeur du succès. Mais quand même, il y avait parmi toute cette foule quelques personnes avec lesquelles il pensait avoir tissé des liens, une amitié, quelque chose de plus fort que des sourires et des congratulations à des avant-premières. Même son agent, qu'il avait invité aux Bahamas et à São Paulo, et qu'il avait gardé alors que d'autres agents lui faisaient des ponts d'or. Personne n'avait été là lorsqu'il était tombé. Il avait suffi d'une fois, une seule petite fois, un mauvais choix, un flop, et son monde s'était écroulé. Personne ne voulait plus travailler avec lui sauf peut-être quelques réalisateurs télé, ses amis ne l'appelaient plus et ne répondaient plus au téléphone. Les cartons d'invitation n'arrivaient plus chez lui. Son agent était toujours trop occupé pour le prendre au téléphone et, lorsqu'il arrivait à l'avoir en numéro masqué, celui-ci lui répondait qu'en ce moment, il n'y avait pas de projets intéressants, mais que bien évidemment il pensait à lui et l'envoyait sur tous les coups. Sur tous les coups, sauf que Duvivier n'avait plus aucun rendez-vous. Rien, le calme plat. C'est pour cela qu'il avait tenté de mettre fin à ses jours, en avalant des somnifères, qui, heureusement, étaient périmés. Il s'était réveillé, vivant, et seul, dans son grand appartement de Saint-Germain, et s'était juré de ne plus recommencer, prenant ce réveil comme une seconde chance de la vie. C'est alors qu'il avait fait pression sur ses anciennes relations, en jouant non pas sur les sentiments, cela n'aurait pas marché et de toute façon Duvivier n'était pas prêt à s'abaisser à cela, mais sur des services autrefois rendus qui attendaient un retour d'ascenseur. C'est ainsi qu'il avait participé à la soirée où il avait rencontré Maude. Maude ne l'avait pas toujours dégoûté, non, au contraire, c'est elle qui lui avait redonné goût à la vie. Mais ensuite, il s'était senti piégé, et elle lui avait enlevé toute liberté. Duvivier avait le sentiment d'avoir été acheté lorsqu'il tourna à l'angle de la rue. C'est alors qu'il surprit une espèce d'action commando : deux hommes et une femme vêtus de noir étaient en train de charger un homme apparemment évanoui à l'arrière d'une camionnette. Duvivier s'approcha.

— Eh là ! Mais qu'est-ce qui se passe ici ?

Karen regarda Michel et François, qui se retournèrent, dévoilant le corps de John. Duvivier, parvenu à leur hauteur, comprit alors qu'il était témoin d'un enlèvement, mais avant qu'il n'ait le temps d'appeler à l'aide, Michel saisit la lampe torche qui avait tout à l'heure servi à assommer Dov et l'essaya sur Duvivier. Elle fut tout aussi efficace et Duvivier s'effondra à ses pieds. Karen poussa un gémissement.

— Oh, mon Dieu ! Mais qu'est-ce que tu as fait ? C'est pas vrai !

— Oh, ça va hein ! Je suis pas le premier à assommer les stars ! Demande à François ce qu'il en pense…

— Oui, mais moi j'ai assommé un acteur du film, pas… pas une star dont on n'a pas besoin !

— Qu'est-ce qu'on va faire ?

François, comme d'habitude, prit les choses en main.

— Bon allez, on l'embarque, ça nous fera de la figuration !

— Duvivier, figurant ?

— T'as une meilleure idée peut-être ? On décidera sur place, on n'a pas vraiment de temps à perdre. Allez, en route !

Les trois amis firent embarquer les derniers passagers et prirent la direction d'un petit aérodrome où leur avion les attendait déjà.

Air kidnapping

Rosemary arriva enfin à la soirée de gala, et demanda où se trouvait son poulain. La jeune fille du salon VIP lui répondit qu'il était avec une journaliste de *Vogue*. Rosemary trouva cela étrange car on ne l'avait pas informée que *Vogue* couvrait la soirée. Si elle l'avait su, elle aurait certainement mis ses talons vertigineux rose et or, et non cette paire d'escarpins vernis de la collection passée.

Au même instant, Maude A., qui avait perdu de vue son mari depuis un bon moment selon elle, quelques minutes selon toute autre estimation, se mit à le chercher activement parmi les invités.

Bikini, quant à elle, était sortie pour capter un réseau sur son fichu smartphone.

Rosemary reconnut Sasha, le garde du corps de John, et ouvrit la porte. La salle était vide, la fenêtre ouverte laissait entrer une petite brise fraîche que Rosemary aurait sans doute appréciée si les circonstances ne lui avaient pas paru aussi tragiques. Sasha se précipita par la fenêtre et disparut dans l'obscurité, heureux de ne pas avoir à subir les foudres d'un agent de star internationale.

Dans le salon VIP, la maîtresse de cérémonie était venue chercher John pour que la soirée puisse enfin commencer, alors que dans la salle, les invités s'étaient assis à leurs tables et attendaient le discours d'ouverture.

À l'arrière du camion se jouait un concerto de portables. Karen et François firent donc une collecte (après tout, il s'agissait bien d'une soirée de charité) et, après les avoir soigneusement éteints, les emprisonnèrent dans un sac en plastique. Par précaution, François fit un double nœud.

— T'as peur qu'ils s'échappent ou quoi ?

La blague fit rire Michel, mais pas François, qui bougonna quelque chose du genre : « C'est ça, fais ta maligne, on n'est pas encore arrivés… » Et justement, le convoi atteignait l'aérodrome.

Michel monta le premier dans le petit avion, et reconnut aux commandes son ami Robert. Il lui posa la main sur l'épaule, et Robert qui s'était assoupi sursauta.

— Hein ? Quoi ? Ah, c'est toi Michel, putain qu'est-ce que t'as pris, vieux !

Robert avait une haleine affreusement avinée. Michel se demanda si c'était une bonne chose de lui faire piloter un avion dans cet état, et d'ailleurs Michel se demandait si Robert savait toujours piloter un avion.

— Alors, tu pilotes toujours ?

— Hein ? heu… oui oui oui oui oui ! Ça m'arrive ! Enfin pas ces derniers temps, mais… hic ! pardon. Enfin c'est comme le vélo, hein, ça s'oublie pas !

Michel n'avait plus vraiment le choix, mais d'un autre côté, il n'avait pas envie de se crasher.

— Ah ben, il est enfin arrivé ton copain, Bob !

Michel se retourna et découvrit une femme d'une quarantaine d'années, qui leur souriait.

— Enchantée, m'sieur Michel, moi, c'est Lucienne, mais appelez-moi Lulu !

— C'est qui ça ? Robert, on avait dit que tu n'en parlais à personne !

— Ah oui, mais moi, je pars pas sans ma Lulu !

— Ne vous inquiétez pas, m'sieur Michel, Bob m'a tout expliqué pour le film tout ça, et j'ai emmené ma trousse de maquillage, je compte pas rester à rien faire !

La situation était surréaliste. Michel passa sa main sur ses lèvres, on nageait en plein délire. Mais il n'était pas vraiment en position de négocier, et le temps pressait…

— Bon, eh bien, je vais aller chercher le reste de l'équipe. Vous m'attendez ici.

Michel et François chargèrent les acteurs et actrices à bord de l'avion, lorsque soudain Lulu poussa un cri.

— Mais… mais ils sont morts ?

François et Karen se tournèrent vers Michel qui se dit qu'il devait au moins donner l'impression de maîtriser la situation.

— Bien sûr que non enfin, Lulu, ils ne sont pas morts, ils sont… endormis, ils dorment.

— Vous les avez kidnappés ?

Lulu était un peu pâle, ce qui n'échappa à personne. Michel appela Robert pour qu'il soutienne son amie, et Robert descendit de l'avion en titubant, ce qui valut à Michel un second regard appuyé de ses deux complices.

— Robert, tu n'as rien dit à Lulu à propos des circonstances « particulières » du tournage dont nous avons parlé ?

— Ben, c'est-à-dire que… hic!… que ça s'est fait si vite que j'ai pas vraiment eu le temps de lui expliquer tout le détail…

— Mais il est saoul ! Vous êtes saoul !

— M'expliquer quoi, Bob ?

La situation prenait un mauvais tournant et malgré tous ses efforts, Michel ne parvenait plus à diriger la scène. François prit les choses en main.

— Bon alors on se calme tout le monde !

— Oh, mon Dieu, Bob, mais dans quoi tu m'as embarquée ?

Lulu commençait à pleurnicher nerveusement.

— La ferme ! Nous sommes une équipe de tournage, et nous avons emprunté des comédiens qui sont pour l'instant endormis. Nous ne leur voulons aucun mal, nous voulons juste tourner un film. D'accord ?

Tout le monde acquiesça.

— Bien, alors nous pourrions peut-être commencer à embarquer, qu'en dites-vous ?

Lulu semblait un peu perturbée, mais il est vrai que l'angle sous lequel cet homme présentait les choses rendait la situation bien moins malhonnête. Aussi elle suivit le mouvement général et tout le monde prit place à bord. François prit quand même Michel en aparté.

— Dis donc, tu l'as trouvé où ton pilote, aux Alcooliques anonymes ?

— Oui, bon, je sais, mais je te jure que c'était un super pilote à l'époque !

— Oui, c'est bien le « était » qui me fait peur là, moi, je veux pas mourir dans un crash d'avion, j'ai une femme et des enfants.

— Oui, enfin... Hum... bref! Ce que je veux dire, c'est que piloter un avion, c'est comme faire du vélo, c'est un automatisme.

— Ouais, ben j'espère que t'as raison parce que si tu te trompes...

— Tous nos espoirs tombent à l'eau ?

Michel donnait l'impression d'être confiant, mais au fond de son slip, ce n'était pas la même image. Il s'installa en copilote, et commença à parler à Robert pour le tenir éveillé. C'est incroyable comme la peur motive la discussion.

À l'arrière, les stars somnolaient encore. Danièle revint à elle un instant : « Maria ? Maria !!! Ve... Venez, hein... Non mais c'est parce que... à la télévision... apportez-le-moi !... Maria... », puis se rendormit.

▪▪▪

L'île avait un temps été la cible d'investisseurs chinois qui voulaient y construire une sorte de club de vacances haut de gamme pour milliardaires. Mais le projet avait finalement été jugé trop coûteux et abandonné. Deux bâtiments avaient cependant été construits, et aménagés. Cela était à peu près conforme aux plans et descriptions que Michel avait reçus lors de l'ouverture du testament. Il désigna le bâtiment des acteurs et celui de l'équipe technique, les deux seuls de l'île. Puis Michel s'occupa des réserves de nourriture. Il mit ses comédiens à la tâche, et leur fit décharger ce qu'il avait emporté depuis Paris. Il était convenu que Robert et François iraient d'ici une quinzaine de jours faire un plein sur le continent. Pour l'instant, les boissons et la nourriture furent déposées près de la cuisine, dans une salle fermée à clé.

Quatre semaines, ils avaient quatre semaines pour réaliser leur film, et le compte à rebours commençait maintenant.

Deuxième Partie

Tournage

Négociations

Michel avait distribué le scénario à ses comédiens dès leur arrivée sur l'île, mais leurs réactions n'étaient pas celles qu'il avait espérées. Michel se doutait bien qu'un tel événement, un « kidnapping » si l'on parle un peu technique, déclencherait quelques tensions au départ. Et cela était normal, Michel le comprenait tout à fait, il s'y était d'ailleurs préparé. Mais d'avoir soudain toutes ces stars, là, juste devant lui, qui l'assassinaient du regard… ressemblait vaguement à un cauchemar en temps réel. John, dans la tradition anglophone, n'avait cessé de lui envoyer des « *fucking basterd* » et autres « *you'll fuckin' regret your fuckin' fuck man* », Hadrien le menaçait également mais en français, ce qui était nettement moins rock'n'roll mais bien plus explicite pour Michel dont l'anglais était un peu rouillé, Danièle arguait de poursuites pénales et civiles et judiciaires et à la réflexion Danièle, n'ayant de connaissances juridiques que celles des séries télé américaines, ne savait pas exactement ce qu'elle disait mais était persuadée qu'en incluant les termes « avocats », « juges » et « 5e amendement », sa phrase n'en serait que plus menaçante, Dov, lui, tentait une approche par la corde sensible, racontant dans le brouhaha d'insultes qu'il avait une femme et deux enfants qui comptaient sur lui, Audrey le suppliait de lui laisser la vie sauve en reprenant le monologue d'une scène d'un film d'horreur dans lequel elle avait tourné il y a quelques années et dont à sa grande surprise elle se souvenait parfaitement larmes incluses, Olga faisait une offre ferme pour la rançon, tous criaient au scandale. Tous sauf un. Duvivier était plongé dans la lecture du scénario et ne prêtait pas la moindre attention aux tractations de ses congénères.

Michel, complètement dépassé par la situation, murmura à l'oreille de François qu'ils n'auraient peut-être pas dû agir ainsi et qu'il était peut-être encore temps de limiter les frais, et que peut-être que s'ils leur expliquaient calmement, ils comprendraient leur démarche...

François monta sur une petite butte qui dominait la plage et tira un coup de pistolet en l'air, ce qui mit tout le monde d'accord.

— Nous ne vous voulons aucun mal. Nous sommes des artistes, comme vous, et nous avons besoin de vous pour accomplir une mission. Je m'appelle François Delahaye, et lui, c'est Michel Mou... hmmm... Michel Motown, le réalisateur. Nous vous avons déjà remis le scénario, plus vous y mettrez du vôtre, plus vite vous rentrerez chez vous. Je vous rappelle qu'il s'agit d'un travail collectif, un travail d'équipe. Nous vous avons choisis parce que vous êtes les meilleurs, alors montrez-nous que nous avons fait le bon choix ! Un repas vous sera servi tout à l'heure. Lulu vous montrera où vous installer… Ah, oui, j'allais oublier, inutile de chercher à vous enfuir, l'île est accessible uniquement par avion et aucun d'entre vous ne sait piloter, nous avons téléphoné à vos agents respectifs pour nous l'entendre confirmer. Essayez de prendre les commandes, cassez l'avion et nous serons bloqués ici pour l'éternité. Je vous demande d'avoir lu le scénario pour demain. À dix heures, nous ferons un point avec le réalisateur, et le tournage commencera dans la foulée. Vous trouverez dans votre exemplaire du scénario un calendrier de tournage, qui pourra cependant être modifié si les circonstances ou les conditions météorologiques l'exigent. Mesdames, messieurs, je vous souhaite un agréable séjour.

François était content de sa performance. Il avait brillé. Sobre, direct, efficace, pas menaçant mais ferme. Il était à nouveau directeur de quelque chose, fût-ce un camp d'otages. Si le film marchait, peut-être que Beth reviendrait. Il récupérerait son appartement dans le 8e, retrouverait son confort, son standing…

— Michel Motown ?

François revint à lui.

— Quoi ?

— Tu m'as appelé Michel Motown, là, tout à l'heure, quand tu as fait ton petit discours.

— J'étais bien hein ? Sobre, discret, efficace, pas menaç…

— Pourquoi Motown ?

— Michel, tu es mon ami et mon associé, je veux que cette production soit un carton, je veux que les acteurs te respectent. Et… comment te dire ça… c'est compliqué de prendre au sérieux un homme qui s'appelle Mouton, voilà.

— C'est compliqué de prendre au sérieux un homme qui s'appelle Mouton ? C'est quoi ces conneries, François ??? Alors comme ça, tu ne me prenais pas au sérieux ?

François se rendit compte qu'il avait un peu trop pris en assurance et que tout le monde ne suivait pas le rythme. Il saisit Michel par l'épaule et dégaina sa diplomatie.

— Mais si bien sûr, enfin. Mais moi je te connais. Eux, là, ils ne te connaissent pas. Alors pour gagner du temps et éviter des complications inutiles, j'ai pris cette initiative. Tu m'en veux ?

— Ce n'est pas la question. Non, je ne t'en veux pas, mais c'est mon nom tu comprends, je veux dire ils le verront bien sur le scénario.

Un long silence suivit qui laissa le temps à Michel de se souvenir que c'était François qui avait imprimé les exemplaires destinés à l'équipe.

— Tu… tu as changé mon nom sur le scénario ? Tu as fait ça ?

Michel arracha un exemplaire des mains de Karen qui passait par là.

— Je le crois pas.

— C'était pour gagner du temps. Tu étais dans les préparatifs, stressé, je n'avais pas envie de te prendre la tête avec ça.

Karen rejoignit la conversation en route.

— Moi, je trouve ça sexy « Motown », c'est sûr que c'est mieux que Mouton !

— Tu trouves ?

— Alors, si c'est Karen qui te le dit, tu la crois, mais moi…

— François, je serais toi, je me ferais discret sur ce coup-là… Motown, Motown… c'est vrai que c'est sexy !

— Bon, je vais poser mes affaires avec les acteurs, on se voit tout à l'heure !

Plus Michel répétait son nouveau nom et plus il s'y sentait bien, comme un nouvel appartement dans lequel il viendrait d'emménager… avec Karen. Alors comme ça, elle trouvait ça sexy ? Michel se demandait si cela voulait dire qu'elle le trouvait sexy ou si c'était juste son nom qui était sexy… Mon Dieu, ça y est, il commençait à penser comme une fille. Il fallait vraiment qu'il se reconcentre sur son film. « Qu'il se reconcentre sur son film »… C'est dingue, Michel était tellement heureux de commencer le tournage de son film, de pouvoir enfin penser à *son* film ! La situation était délirante mais terriblement excitante. Soudain un doute l'envahit : est-ce qu'il avait bien fermé l'eau en partant ? Oui, oui… sans doute. C'était exactement le genre de pensées parasites qui venaient toujours polluer son bonheur. Michel était un angoissé, un homme « sexy » mais angoissé qui avait toujours peur d'avoir peut-être oublié quelque chose quelque part à un moment donné. Michel se tourna et se retourna dans son lit cette nuit-là, et n'arriva à trouver le sommeil qu'au petit matin.

Duvivier s'éclipsa à l'heure du dîner, de toute façon il n'avait pas faim. Il trouvait étrange d'être prisonnier mais de pouvoir aller et venir comme bon lui semblait. À la vérité, Duvivier était heureux : il avait deux passions dans la vie, la nature et son métier d'acteur, et aujourd'hui, des gens qu'il ne connaissait ni d'Ève ni d'Adam l'avaient déraciné pour lui faire vivre une aventure exceptionnelle. Et il faudrait qu'il se rebelle ? Certainement pas ! Ce kidnapping était une chance, un miracle presque, peut-être même un signe du destin qui disait… qui disait… enfin qui disait quelque chose que Duvivier ne savait pas comment formuler à cet instant précis, mais ce signe laissait augurer quelque chose de bon, et cela, Duvivier le sentait comme il respirait l'air marin sur cette magnifique plage de sable blanc, quelque part, nulle part. Duvivier monta sur un rocher, façon comte de Monte-Cristo, rôle que Gérard D. lui avait d'ailleurs soufflé à l'époque, toujours à cause de ce foutu film qui lui collait à la peau, et termina de lire le scénario de Michel.

▪▪▪

Michel appréhendait ce premier jour de tournage. Avait-il choisi les bons acteurs ? Réussirait-il à les diriger ? Après tout il n'avait pas pioché dans le répertoire d'Acting Global, il avait de vrais acteurs face à lui, et la désagréable impression que c'était maintenant son tour de passer le casting. Il avait choisi de commencer par un plan où tous les acteurs étaient présents, une sorte de mise à l'eau collective. L'idée était bonne, mais Michel ne pouvait s'empêcher de flipper. C'est vrai, c'était idiot, personne n'allait le juger puisqu'il était le chef. Mais ce matin Michel se sentait comme un petit garçon qui doit lire sa rédaction devant toute la classe.

François avait réveillé les stars et, après le petit déjeuner, les avait invitées à passer au HMC [1], qui en réalité n'était qu'un simple M sommaire. Lulu, armée de son vanity de compétition, s'était rapidement débarrassée des comédiens pour pouvoir se concentrer sur sa chouchoute, Olga. Lulu aimait beaucoup Olga. C'était une femme de caractère qui assumait sa féminité. Ses pommettes hautes et saillantes étaient un véritable carton d'invitation pour le blush, et sur ses lèvres on pouvait lire « rouge baiser ». Olga pourtant ne lui fit aucun commentaire, aucune observation sur son travail. Une fois terminé, elle retira dédaigneusement le mouchoir qui protégeait son corsage et s'en alla sans un regard.

Les acteurs étaient réunis, les caméras prêtes, Robert et François en place. Pourtant, un silence pesant régnait sur le plateau.

— Très bien, tout le monde en place !

— Moteur ?

— Silence s'il vous plaît, moteur demandé !

Cette phrase sonnait affreusement étrange dans le vide auditif ambiant.

1. HMC : habillage, maquillage, coiffure.

— Et… Action !

Michel observait ses acteurs, mais rien ne se produisit. Personne ne parlait, personne ne bougeait, rien.

— Coupez ! Bon alors, c'est quoi le problème là ? Allez, on y retourne, et cette fois, mettez-y de la bonne volonté !

Rebelote. Michel prononça les formules magiques, mais comme la première fois, rien ne se produisit.

— Coupez ! Bon alors, ça suffit maintenant. Vous êtes des professionnels nom de Dieu, alors je sais bien que le contexte est peut-être un peu dépaysant, mais nous sommes là pour travailler, alors on y va !

Les acteurs se regardèrent, puis Hadrien se détacha du groupe pour prendre la parole.

— Nous ne ferons pas votre film.

— Pardon ?

— Nous ne ferons pas votre film.

— Ah bon ?

— Oui, et vous ne pourrez pas nous y forcer ! Nous sommes acteurs, pas esclaves d'un cinéma amateur !

Derrière, tous les prisonniers soutenaient Hadrien. Michel était désemparé. Il ne voulait pas montrer qu'il avait perdu le contrôle de la situation, et pourtant, bien qu'il se soit attendu à quelques réticences, jamais Michel n'aurait imaginé que ses acteurs se liguent contre lui. Son rêve était devenu un cauchemar. Pour la première fois, Michel avait envie de tout arrêter. Plusieurs fois, il avait eu des hésitations, des doutes, mais jamais il n'avait sérieusement envisagé de laisser tomber son projet. Seulement maintenant la situation était devenue ingérable. Après tout, que pouvait-il faire ?

François, qui connaissait bien Michel et qui pouvait lire le désespoir derrière ses Ray-Ban, décida une fois encore d'intervenir. C'était lui, le producteur, Michel n'était qu'un artiste, ce n'était pas à lui de gérer l'équipe. Ça, c'était son boulot, et contrairement à Michel, François, qui avait côtoyé les investisseurs les plus véreux, qui s'était frotté aux agents du fisc les plus coriaces, qui avait fait la pluie et le beau temps sur les marchés, balayant d'un revers les traders les plus geeks, n'allait pas laisser une bande de petits comédiens snobs faire leur loi.

— Très bien, si tel est votre choix, nous le respectons.

François emmena Michel avec lui, et ils rentrèrent tranquillement dans leur bâtiment. Michel paraissait désabusé. Assis au bord de son lit, il n'arrêtait pas de passer sa main sur ses lèvres.

— Mais ça ne t'inquiète pas, toi, leur réaction ?

Selon Michel, François était beaucoup trop calme par rapport à la situation. Et si cela le stupéfiait, quelque part, cela le rassurait aussi, car Michel, qui connaissait bien François, savait que ce dernier ne serait pas aussi détendu s'il n'avait pas un plan.

— Qu'est-ce qu'on va faire, François ?

— Arrête donc de paniquer comme ça, laisse-leur le temps de s'acclimater…

Michel s'alluma une cigarette et se mit à faire des ronds avec la fumée. Quelqu'un frappa à la porte.

— Qui est-ce ?

— C'est… heu… c'est Duvivier, j'aimerais parler au réalisateur, s'il vous plaît.

Michel s'étouffa presque avec son rond. C'était la première fois que quelqu'un l'appelait « réalisateur », et pas n'importe qui. Il se redressa, s'éclaircit la gorge, et prit une pose qu'il voulait à la fois détendue et intellectuelle, ce qui concrètement ne donnait rien de très probant.

— Entrez !

— Bonjour.

— Bonjour, vous vouliez me parler ? Si c'est pour me dire que vous ne jouerez pas dans mon film, ce n'était pas la peine de vous déplacer.

— Ah, non, non, pas du tout, au contraire !

— Développez…

— Eh bien, en fait, j'ai lu le scénario, et je le trouve formidable, vraiment ! C'est drôle et plein d'esprit, et puis toutes ces sous-intrigues qui se rejoignent à la fin, non vraiment, j'aime. Mais voilà, je… enfin c'est que…

— Oui ?

Michel était flatté plus que de raison par les compliments de l'acteur, et même à supposer qu'ils ne soient que mensonges pour amadouer l'ennemi, Michel s'en foutait, dans les circonstances présentes, tout compliment, quel que soit son but, était bon à prendre. Mais pour l'instant, il n'en laissait rien paraître.

— Je n'ai pas de rôle ! J'ai vérifié, et vous ne m'avez attribué aucun personnage. Je voulais vous en parler ce matin, mais la situation était un peu tendue et j'ai préféré attendre que tout cela se calme pour voir ça avec vous tranquillement.

— C'est vrai, ça m'était sorti de la tête... En réalité vous n'étiez pas... comment dire... vous ne faisiez pas partie du casting original.

— Je sais bien que le casting est bouclé, et cela va vous paraître un peu fou, mais j'aimerais passer les essais pour le rôle de Duncan. Laissez-moi une chance, une seule petite chance de vous convaincre, s'il vous plaît, accordez-moi quelques minutes, je sais que je peux donner une profondeur au personnage, et j'aimerais tellement faire partie de ce film, monsieur Motown...

Décidément, Michel ne regrettait pas de l'avoir assommé celui-là. Enfin un acteur qui montre un peu d'intérêt pour son métier, et qui redonne envie au réalisateur. Sacré outsider! François, qui était dans la pièce à côté, n'avait pas perdu une miette de l'entretien, et un discret sourire se faufila sur son visage. François avait un plan, effectivement, mais ce qui venait de se produire donnait un peu plus de matière à sa créativité. François invita sa petite équipe ainsi que Duvivier à se mettre à table. Bob avait trouvé une table et des chaises de jardin en fouillant dans une espèce de remise un peu à l'écart, et tout le monde s'affaira. Lulu prépara une petite salade grecque qui mit tout le monde d'accord et qui, l'espace d'un repas, fit oublier à chacun ses soucis. Karen, Duvivier et Michel discutaient du scénario et du personnage de Duncan tandis que les autres profitaient du temps ensoleillé. Lulu, au départ plutôt déstabilisée par le « concept », trouvait avec le recul que l'idée n'était pas si mauvaise, et la vie bien plus excitante ici qu'aux Lucioles. Dans la précipitation du départ, elle n'avait pas eu le temps de prévenir les habitués et, tout en sirotant un verre de rosé, elle ne pouvait s'empêcher de les imaginer perdus devant le rideau de fer à l'heure de l'apéro. Mais tout cela était loin maintenant. Elle embrassa Bob sur la joue, et se dit qu'elle était heureuse, peu importe ce qui arriverait, elle vivait pleinement l'instant présent.

Danièle arriva la première, suivie par toute la troupe de comédiens. François, après les avoir observés un instant, leur adressa la parole :

— Belle journée, n'est-ce pas ?

— Nous voudrions déjeuner.

— Ah, vous voudriez déjeuner ? Mais la cantine est réservée à l'équipe de tournage, et il me semble, dis-moi si je me trompe, Michel, que ces gens ne font plus partie de l'équipe de tournage…

— Absolument François, je te confirme.

Danièle avait du mal à réaliser ce qui était en train de se produire. Elle déglutit. Hadrien s'adressa à François :

— Alors quoi, vous allez nous laisser crever de faim ? C'est ça votre plan ?

— Nous ne sommes pas une association caritative, jeune homme. Pas de tournage, pas de bouffe.

Danièle était désormais au bord du malaise.

— Pas de bouffe ? dit-elle d'une petite voix fragile.

Olga se mêla de la conversation.

— Et lui, dit-elle en désignant Duvivier du doigt, pourquoi a-t-il le droit de manger ?

— Parce qu'il joue Duncan.

Dov sursauta.

— Duncan ? Mais c'est mon rôle !

— Ah, mais il faut croire que depuis ce matin, la distribution a changé, Dov.

— Mais c'est pas possible, Duvivier, tu ne vas pas me voler mon rôle !

Duvivier s'essuya la bouche avec sa serviette de table.

— Moi, tu me traites de voleur, Dov ? Moi, tu me traites de voleur ? Mais il me semble que tu es mal placé pour me traiter de voleur. Mai 2003, *Les Souvenirs de P.*, ça te dit rien ? Tu as envoyé au réalisateur le DVD de mon bide américain, hein ? Et ensuite, tu l'as invité à dîner et tu m'as volé mon rôle ! Sale enfoiré !

Duvivier s'était levé, et l'assemblée s'était tue. Toute l'émotion d'années de galère remontait comme une bouche d'égout qui déborde et se déversait sur Dov. Danièle, qui louchait depuis un moment sur le restant de salade grecque, tenta le tout pour le tout.

— Bon, alors si j'accepte de tourner dans votre film là, j'aurais accès à la cantine ?

— Ah, ben ça, mettez-lui un gâteau sous le nez et elle vous fera des pirouettes !

La pique venait d'Olga, qui était jusque-là restée tapie dans la neutralité, mais qui ne pouvait résister à cette vanne publique. Danièle était sur le point de répliquer, mais Audrey lui coupa la parole.

— Je veux le rôle d'Astria.

Karen regarda Michel d'un air affolé, mais Michel la rassura d'un clin d'œil. Michel jouissait pleinement de son statut de réalisateur.

— Je suis désolé, mais ce rôle a été attribué à Karen.

Audrey toisa sa rivale dédaigneusement.

— Karen ? Non mais vous vous foutez de ma gueule ? Je suis Audrey, je suis la plus grande actrice française, j'ai tourné avec les plus grands, j'ai dit non à Steven Spielberg, et vous me refusez un rôle pour le donner à une... une...

Les autres actrices, qui soutenaient bien évidemment Audrey, avaient tout de même tilté sur le « je suis la plus grande actrice française », et étaient en train de revoir leur jugement. Karen bouillonnait. Peut-être qu'elle n'était pas aussi célèbre qu'Audrey, mais en attendant elle avait un rôle principal et putain de chiotte, elle n'allait pas le laisser filer.

— Une... ?

— Une petite nana qui n'a jamais rien fait !

— Comment ça qui n'a jamais rien fait ! J'ai un agent, je travaille ! Qu'est-ce que tu sais de moi, toi, pétasse ? Hein ?

— Oui, c'est vrai ça, Audrey, peut-être que Katia a du talent...

— C'est Karen.

— Peu importe.

— Non mais de quoi je me mêle la vieille Olga ? Occupe-toi de tes cheveux !

Olga, particulièrement touchée par cette remarque perfide, se passa malgré elle la main dans les cheveux.

Hadrien, qui sentait que la situation tournait au vinaigre, reprit les choses en main.

— Bon, je crois que nous sommes tous très tendus, alors on va se calmer et réfléchir à la situation posément.

Danièle dont l'estomac la torturait s'impatienta.

— Mais réfléchir à quoi mon petit! Y a rien à réfléchir, ils nous tiennent, alors on fait ce qu'ils nous disent! Point! Qui veut jouer dans le film de monsieur?

Danièle leva la main, suivie par Dov, Olga, John, et enfin Hadrien et Audrey.

— Bien alors à table!

— Ah non!

François arrêta Danièle, qui avait déjà la main sur la cuillère et la bouche entrouverte.

— On tourne d'abord, on mange ensuite.

Danièle, la main crispée, mit quelques secondes avant de desserrer les doigts de l'ustensile.

John, délicatement posé sur un tronc de palmier, attendait patiemment que le débat s'éclaircisse, et se dit que ces Français étaient quand même des putains de timbrés.

Mise en place

Comme pour chaque début de tournage, les comédiens avaient quelques difficultés à prendre leurs marques. Olga avait bien étudié le scénario, et quelle ne fut pas sa stupeur quand elle s'aperçut en comptant les répliques que Doria, son personnage, parlait moins que Gertrude, *alias* Danièle. Olga ne perdit pas une seconde, elle se rua sur Michel et lui soumit le problème.

— Écoutez, je suis vraiment désolée de vous importuner, mais il doit s'agir d'une regrettable erreur, il ne peut en être autrement de toute façon, mais je viens de constater avec stupéfaction qu'il manquait des répliques à Doria dans le scénario.

Olga tendit fermement le scénario à Michel, qui l'étudia un petit moment, avant de lever la tête et de conclure :

— Non, c'est bon, tout y est.

— Mais, mais enfin ce n'est pas possible ! Doria ne peut pas avoir moins de répliques que Gertrude enfin ! C'est impensable ! Doria est... est une femme forte et puissante qui utilise la parole pour dominer

Gertrude, elle assoit son pouvoir grâce à sa repartie. Si Gertrude parle plus qu'elle, notamment page quarante-trois, lorsque Doria assiste à la scène et qu'elle reste silencieuse, comme... comme une figurante presque ! C'est totalement absurde, ça n'a pas de sens ! Non, je crois plutôt que toutes ces répliques devraient naturellement revenir à Doria.

— Je comprends ce que vous voulez dire, mais non, je ne suis pas de cet avis, cela montre au contraire que Doria peut être une femme effacée, qui s'incline parfois devant la parole d'une autre. Cela découvre la faille de ce personnage que, par ailleurs, vous cernez plutôt bien ! Excusez-moi, je dois aller sur le plateau maintenant.

Olga avait du mal à respirer. Jamais personne n'avait osé s'opposer à ses suggestions ! Comment osait-il ? Comment pourrait-elle supporter d'avoir un plus petit rôle que Danièle ? Elle ne le supporterait pas. Il fallait qu'elle parle au producteur, maintenant !

▪▪▪

Michel de son côté s'employait déjà à mettre en scène une séquence particulièrement périlleuse, qui réunissait John, Hadrien et Karen. Ces derniers jours, Michel avait passé du temps avec Karen, à lui transmettre la psychologie de son personnage et à travailler quelques scènes avec elle. Michel n'avait rien tenté. Non pas qu'il n'en ait pas eu envie, ça... dès qu'il s'approchait de Karen, Michel avait envie de la toucher, pas au sens pornographique du terme (bien que…), de l'embrasser, de la serrer contre lui et de sentir ses seins rebondis venir s'écraser fermement contre son torse. Il était trop tôt. C'est en tout cas ce que Michel se répétait pour justifier son inaction. Mais Michel avait deux vitesses d'analyse, un peu comme un antivirus, et lorsqu'il se mettait en analyse complète du système, Michel savait bien qu'il ne tentait rien avec Karen parce qu'il avait un putain de virus de trouille qui le paralysait et l'empêchait de prendre la moindre initiative. Sauf que Michel était un homme et pas un antivirus, et qu'il ne lui suffisait pas d'appuyer sur un bouton pour mettre sa peur en quarantaine. Alors Michel se contentait de penser qu'il était trop tôt pour entreprendre quelque chose. Quoi qu'il en soit, Karen était bluffante dans son rôle. Mais Michel n'était pas satisfait d'Hadrien. C'était bien. Mais Michel ne voulait pas quelque chose de bien, Michel voulait quelque chose de parfait. C'est vrai bordel, il n'était pas allé kidnapper les meilleurs acteurs du moment pour avoir un film correct. Michel voulait un résultat qui transporte, qui fasse rêver. Et pour l'instant, ça ne le faisait pas rêver.

— Hadrien, Hadrien, tu vois, Franz est en face de Guster et il a envie de lui dire qu'il sait ce qui s'est passé, mais il contient tout cela, il le garde en lui, même si ça le dévore de tout lui balancer à la gueule, il se retient, mais il a du mal à refouler tout ça, tu vois, et donc on doit sentir tout ça, tout ce mélange entre ce qu'il aimerait faire, ce qu'il doit faire, et ce qu'il fait, comment il le fait. Tu vois où je veux en venir, tout cela, on doit le ressentir et le comprendre sur une réplique. Je sais que ce n'est pas évident, mais je sais que tu peux le faire. John, c'est bon, et Karen… Karen, c'était parfait. Bon, on reprend.

La scène reprit, mais Michel l'interrompit en plein milieu.

— Coupez ! Coupez ! Hadrien, qu'est-ce que tu fais ? Je t'ai demandé d'être plus subtil, et tu me refais la même chose que la prise d'avant !

Hadrien s'énerva.

— Nan mais c'est de la merde là votre scénario aussi. Qu'est-ce que vous voulez que je vous dise ? De la subtilité, tu veux de la subtilité ? D'la merde ouais ! Je vais pas mettre de la subtilité sur un gros tas de merde, parce que ce que tout le monde pense ici, c'est que c'est de la merde votre truc ! Mais vous savez quoi ? Personne n'a les couilles de vous le dire ! Mais moi, j'ai des couilles ! Et vous voyez ce que j'en fais de votre chef-d'œuvre ?

Hadrien tenta de déchirer le scénario, s'y reprit à deux fois mais n'y parvint pas, ce qui n'était pas terrible pour une scène qui se voulait symbolique et spectaculaire, et de rage le jeta à terre. Son scandale avait attiré l'attention des acteurs, et tout le monde regardait maintenant Hadrien piétiner le pauvre scénario. Lorsqu'il eut fini son numéro, Hadrien sortit de scène au propre comme au figuré, et s'en alla vers les bungalows. Michel ramassa les restes de son scénario et annonça que cet après-midi il tournerait la séquence trente-huit au lieu de la quarante-quatre.

▪▪▪

Loin de l'agitation, Olga trouva François en train de siroter de l'eau de coco aux côtés de Danièle.

— Bonjour, Olga, comment ça va aujourd'hui ? Cette femme est formidable vous savez ? Elle a une technique infaillible pour ouvrir les noix de coco !

Danièle effectivement, grâce à quatre saisons de *Island Survivors*, avait assimilé les diverses techniques pour ouvrir une noix de coco. Olga se passa la main dans les cheveux. Ses racines blanches commençaient à repousser et Olga ne savait pas comment elle allait bien pouvoir s'en sortir sans son coloriste. Mais d'abord, elle devait régler cette affaire de scénario.

— Bonjour, François, pourrais-je vous parler seul un instant ? Danièle, tu nous excuses ?

Danièle s'éloigna de quelques pas, mais n'ayant plus de série télévisée à engloutir ni de dessert à dévorer, la curiosité restait bien son seul petit péché mignon. Aussi revint-elle sur ses pas en catimini, et, s'aplatissant derrière les palmiers, se rapprocha de façon à pouvoir écouter la conversation, tout en suçotant un morceau de noix de coco. Ce qu'elle entendit la laissa sans voix, mais pas pour très longtemps. Danièle, telle une apparition, se détacha de l'arbre et toisa Olga, sa rivale la plus fidèle.

— Tu nous espionnais derrière l'arbre ?

— Pas du tout ! Je pensais que vous aviez terminé, et en arrivant j'ai malgré moi entendu quelques bribes de conversation. Alors comme ça, tu oses me planter un couteau dans le dos ?

— Mais pas du tout ! Je ne sais pas ce que tu as entendu, mais je ne faisais que suggérer quelques aménagements dans l'intérêt du scénario.

Olga désigna François de la tête pour asseoir son propos. François, lui, tout producteur qu'il soit, et toute autorité qu'il ait sur l'île, ne se sentait pas de taille à arbitrer ce combat d'actrices. Il fit mine de regarder ailleurs, guettant le moment propice pour annoncer qu'on l'attendait et les laisser s'entre-tuer entre femmes.

— Menteuse ! Traîtresse ! Tu m'attaques par-derrière, je reconnais bien ton style. Tout ça pour récupérer quelques miettes de mon rôle, de mon dernier rôle, tu n'as vraiment aucune sensibilité !

— Je suis désolé, mesdames, mais on m'attend sur le tournage.

François s'éclipsa comme s'il n'avait jamais fait partie du décor. Olga n'aurait eu aucun mal à rebondir sur la tirade de Danièle, mais quelque chose avait attiré son attention, et elle voulait éclaircir ce point qui l'intriguait.

— Ton dernier rôle ?

— Parfaitement, mon dernier rôle. Je voulais tirer ma révérence lors de la soirée de gala, mais tu sais comme moi ce qui est arrivé. J'ai décidé de prendre ma retraite, tu dois certainement être folle de joie. Les rôles que l'on me proposait ne m'intéressaient plus, et pour tout te dire on ne me proposait plus grand-chose d'intéressant. Alors ce rôle tombé du ciel, aussi fou que cela puisse paraître, c'est comme une sorte d'adieu à la profession. Et tu veux me le prendre, salope ?

Olga, toute rivale qu'elle était, n'en était pas moins sensible à la révélation qu'elle venait d'entendre, à l'exception du « salope » final. Danièle était sa rivale, mais même si elle ne lui avait jamais avoué, elle était aussi son modèle, presque son idole. Toute sa carrière elle n'avait eu de cesse d'atteindre le niveau de Danièle, et de la dépasser. Elle s'était passé et repassé tous ses films en boucle, l'avait admirée, jalousée, enviée. Et aujourd'hui, c'était fini. Danièle ne jouerait plus. Olga se sentit triste tout à coup.

— Je ne savais pas, pourquoi ne me l'as-tu pas dit ?

— Mais est-ce que je me doutais que tu allais vouloir me voler mon rôle ?

Danièle semblait émue d'avoir d'un seul coup déballé son sac.

— Danièle, je suis désolée, je.

— Ça va, c'est bon. Mais... je préférerais que cela reste entre nous pour l'instant.

Olga était sincère, et cet élan de franchise la touchait. Elle détenait sans doute le plus gros ragot de tout le cinéma français mais n'avait pas envie de le partager. Ce secret, elle le garderait pour elle, comme un symbole de confiance entre Danièle et elle. Sans compter que si ce film venait un jour à sortir, elle pourrait toujours arranger l'histoire et dire qu'elle avait exigé que son rôle soit moins important que celui de son amie Danièle afin qu'elle puisse briller une dernière fois. Cela avait un côté charitable légèrement humiliant pour Danièle et très flatteur pour Olga.

— Tu peux compter sur moi, Danièle.

▪▪▪

Lulu aperçut Olga qui arrivait sur le plateau. Elle se rua littéralement sur elle et lui épongea le visage avec une lingette spéciale antisébum. Lulu lui raconta ce qui s'était passé sur le plateau, en lui glissant quelques compliments de-ci de-là. Olga continuait de marcher sans écouter le moindre mot de ce que lui racontait la maquilleuse, et Lulu avait du mal à suivre, mais ne quittait pas son actrice du pinceau. Soudain, Olga s'arrêta et, pour la première fois depuis le début du tournage, adressa la parole à Lucienne.

— Miroir!

Lulu n'était pas sûre qu'Olga s'adresse à elle. D'une part parce qu'elle ne la regardait pas, et d'autre part parce qu'après plusieurs jours à lui faire la conversation pendant qu'elle la maquillait, Lulu n'avait jamais obtenu ni une réponse, ni un sourire, ni même un quelconque signe de considération, si infime soit-il, de la part de la star. Alors un mot, comme ça, rien que pour elle! Lulu mit quelques secondes avant de réaliser ce qu'on lui demandait, quelques secondes qui firent perdre sa patience à la comédienne.

— Enfin quoi, vous êtes sourde?

Cette fois Olga la regardait. Enfin... disons que ses yeux étaient dirigés en direction de Lulu, mais Lulu n'avait pas vraiment l'impression qu'Olga la regardait. C'était plutôt comme si l'actrice regardait

Lulu sans la voir, une sensation très étrange, un mélange subtil de mépris et d'indifférence. Mais Lulu était bien trop occupée à chercher sa glace pour se faire une opinion sur la situation. Et puis, le contact était établi, c'était déjà ça !

— Voilà, tenez, si vous la retournez elle est grossissante.

Olga prit la glace sans un mot et arrangea sa coiffure. Elle n'avait pas toujours eu ce truc avec ses cheveux. Mais depuis quelques années, en réalité depuis ce jour où son coiffeur lui avait fait remarquer qu'elle en perdait beaucoup, Olga avait fait une fixette et ne pouvait s'empêcher de les toucher, de les recoiffer, comme s'il s'agissait d'un animal de compagnie en manque d'affection. Il faut dire qu'Olga avait bâti toute son image autour de sa « crinière flamboyante », expression qu'elle devait au *Elle* américain. Des cheveux épais et soyeux, dont elle se servait comme d'une arme de séduction, tant près des hommes que des réalisateurs. Mais ces derniers temps, la crinière d'Olga n'était plus aussi flamboyante. Chaque jour, Olga regardait ses cheveux s'en aller, comme un adieu sur le quai d'une brosse, sans pouvoir les retenir. Elle avait consulté d'éminents spécialistes, chauves pour la plupart – ce qu'elle avait d'ailleurs trouvé suspect –, essayé tous les compléments alimentaires qu'on lui avait prescrits, arrêté la laque, supprimé les brushings, hydraté le tout avec diverses crèmes et huiles toutes aussi essentielles les unes que les autres, rien, elle n'avait constaté aucune amélioration, si ce n'est celle du niveau de vie des charlatans auxquels elle avait eu affaire. Pour l'instant, Olga avait réussi à dissimuler son problème aux yeux du monde, mais bientôt, elle le savait, elle ne pourrait plus se cacher, et elle redoutait le moment où elle devrait s'afficher en public déplumée.

Lulu observait Olga qui replaçait ses cheveux devant la glace, et ne pouvait s'empêcher de penser qu'elle avait une grâce incroyable, même dans ses gestes les plus anodins. Olga avait repéré le regard insistant de la maquilleuse et se demandait si celle-ci avait remarqué qu'elle perdait ses cheveux. Sans doute, sinon pourquoi la regarderait-elle avec autant d'insistance ? Mais Olga était Olga, et elle n'allait pas s'abaisser à dévoiler ses failles devant une petite technicienne de plateau. Aussi, sans un regard, sans un mot, tendit-elle son bras au bout duquel pendait la glace. Lulu la récupéra et voulut entretenir l'étincelle miraculeuse d'amorce de dialogue en complimentant Olga :

— Vos cheveux sont vraiment magnifiques aujourd'hui, madame Olga !

Olga se sentit humiliée par cette remarque perfide. Comment une petite maquilleuse pouvait-elle avoir autant d'audace pour s'adresser à elle ainsi ? C'était inconcevable. Sur un vrai plateau, cela ne serait jamais arrivé ! Bien évidemment, Olga n'allait pas s'abaisser à lui répondre. Elle tourna donc les talons et rejoignit Dov qui passait par là. Lulu se regarda dans la glace, comme pour chercher si Olga n'y avait pas laissé un peu d'elle-même, mais Lulu n'y trouva que son reflet.

▪▪▪

Dov trouva Hadrien allongé sur son lit superposé.

— Ça va ? J'étais là ce matin… C'est vrai qu'il est chiant mais dis-toi qu'après tout, on n'en a que pour quelques semaines.

— Non, pas moi.

— Comment ça ?

Hadrien dévisagea un instant Dov, puis jeta un coup d'œil circulaire à la pièce et alla fermer la porte. Toute cette mise en scène attisa la curiosité de Dov.

— Si je te dis de quoi il s'agit, tu me promets que tu n'en parleras à personne ?

— Je promets.

— À personne ?

— À personne.

— Bon. Écoute-moi bien…

▪▪▪

François aperçut Bob qui nageait ou plutôt qui barbotait dans l'eau cristalline. Il décida de le rejoindre pour discuter un peu avec lui. Cet homme intriguait François. Bob s'occupait de la régie et de la cantine, mais ne se mêlait pas aux autres, et François se demandait ce qui pouvait bien animer un tel esprit d'indépendance.

— Elle est bonne ?

Pour toute réponse, Bob adressa un sourire poli à François. La partie n'était pas gagnée, mais François connaissait ce genre de personnes un peu bougonnes et renfermées, qui une fois en confiance peuvent déballer leur vie entière jusque dans ses moindres replis. François ne voulait pas aller jusque-là, il voulait simplement apprendre à connaître cet homme.

— Alors dites-moi, Bob, ça fait longtemps que vous êtes avec Lulu ?

Bob parut surpris par la question.

— Un moment, oui.

François considéra ces trois mots comme un encouragement, presque une conversation.

— Et vous vous êtes rencontrés comment ?

Cette fois, Bob n'eut pas l'air surpris, mais ne montra pas non plus un enthousiasme débordant dans sa réponse.

— C'est une longue histoire.

— Ah oui ? Alors je vous écoute !

Bob fixa François pour la première fois, et son regard en disait plus long que n'importe quel discours.

— Écoutez, je ne veux pas vous déranger, j'aimerais simplement apprendre à vous connaître, Bob. C'est vrai, nous pourrions nous entendre, vous m'avez l'air de quelqu'un de bien !

François sentit comme un vacillement intérieur chez son interlocuteur et, l'espace d'un instant, il pensa que Bob allait se livrer.

— Vous avez raison, vous ne me connaissez pas.

Il sortit de l'eau et rejoignit le camp. François haussa les épaules, et se remit à barboter dans le Pacifique en regrettant que ses enfants ne soient pas avec lui.

▮▮▮

Bob s'en voulait un peu d'avoir été si impoli avec François, mais il n'avait pas le cœur à faire la conversation. Bob n'allait pas bien, il était en manque et avait du mal à gérer la situation. Lulu était occupée toute la journée et, radieuse comme elle était, il ne voulait pas l'inquiéter avec ses problèmes. Mais en attendant, Bob avait la gorge sèche et les mains qui tremblaient.

▮▮▮

Toute la semaine, Hadrien et Dov avaient été très proches, Audrey l'avait bien remarqué. Cela avait commencé lorsqu'ils s'étaient installés sur le même tronc pour discuter entre les prises, puis il y avait eu cette promenade sur la plage, et ces messes basses à table, sans parler de la fois où elle les avait surpris de nuit à chuchoter dans le couloir. Et chaque fois, c'était la même chose, dès qu'elle arrivait la conversation virait à la pluie et au beau temps. Mais Audrey n'était pas dupe, et comptait bien découvrir ce qui se tramait entre ces deux-là. Au début, elle avait pensé à une liaison homosexuelle, mais elle avait rapidement écarté cette hypothèse entre Dov qui gavait tout le monde avec sa femme et ses jumelles et Hadrien qui la regardait avec des yeux de merlan frit. Si un complot se préparait, elle voulait en être. Aussi adopta-t-elle une tactique toute féminine.

Audrey vint s'asseoir à côté d'Hadrien pour le déjeuner et lui fit les yeux doux. Puis elle lui proposa une balade au clair de lune, et tenta de lui extorquer des informations sur fond de coucher de soleil, mais sentant l'acteur partagé, elle lui assena le coup de grâce en déposant un petit baiser sur ses lèvres. Cette fois, Hadrien craqua et dévoila son plan à Audrey. Elle ne s'était pas trompée.

Rapprochements

Michel était vraiment ravi de la tournure que prenaient les événements. Ces derniers jours, il avait pu tourner de très bons plans et, déjà, il s'imaginait la couleur de son film. Michel ne voulait pas s'inscrire dans la veine d'un célèbre réalisateur, non, il voulait marquer l'histoire du cinéma de sa propre empreinte, car, selon lui, à quoi bon faire un film qui peut être fait par un autre ? Michel prenait sans cesse des notes dans un petit carnet rouge qu'il emportait partout avec lui, et ne laissait personne le regarder, pas même François. Et pour cause ! Michel n'y consignait pas que des notes de réalisation, il s'en servait aussi comme d'une sorte de journal intime et gribouillait parfois des dessins explicites le mettant en scène aux côtés de Karen. Michel se demandait quand il déclarerait ses sentiments à Karen et, en vérité, il se demandait s'il déclarerait un jour ses sentiments à Karen. Michel s'était imaginé que lorsque Karen, la peau délicatement dorée par un soleil de plomb, le verrait diriger les plus grands acteurs, et mener son film à bien d'une main de maestro, elle secouerait érotiquement sa chevelure sombre et se jetterait dans ses bras, lui avouant qu'elle n'arrivait plus à maîtriser ses sentiments pour lui, et qu'elle l'aimait, oui, qu'elle l'aimait éperdument. Puis elle l'embrasserait voluptueusement, ses lèvres auraient un goût de fraise Tagada, et Michel l'envelopperait virilement de son bras musclé. Bon, Michel savait bien qu'il y avait quelques gouttes d'eau de rose dans sa séquence, notamment le passage du bras musclé. Mais, tout de même, l'esprit de l'action restait que Karen devait être follement impressionnée. Et pour le coup, c'était plutôt Michel qui était bluffé par le jeu de Karen. Il fallait absolument qu'il se reprenne. Il dégaina son petit carnet rouge et y nota soigneusement les mots suivants : « C'est moi le réalisateur. » Il prit le soin de souligner trois fois cette phrase, puis se la répéta devant la glace avec conviction. Au bout de quelques secondes, Michel eut la nette impression qu'il se sentait plus sûr de lui.

∎∎∎

John et Karen marchaient main dans la main sur la plage, puis John s'arrêta pour enlacer sa partenaire et l'embrassa amoureusement. Michel observait la scène de loin, et eut un petit pincement au cœur.

— Coupez !

— On en refait une ?

— Non, celle-ci est très bien !

— Mais vous ne voulez pas la doubler, vous êtes sûr ?

Michel savait qu'un vrai professionnel double toujours ses scènes, mais l'idée de devoir revoir ce tableau une seconde fois le rendait malade. Il aurait dû y penser en écrivant le scénario, mais à l'écrit cette scène lui avait paru beaucoup moins douloureuse, et puis c'était tout de même le climax du film, le moment-clé qui donnait toute sa dimension à l'œuvre, il ne pouvait pas l'éviter.

— C'est moi le réalisateur !

— Très bien, je ne voulais pas vous contrarier.

▪▪▪

Depuis leur séance révélation, Danièle et Olga étaient devenues très proches. Danièle avait même échangé son lit superposé avec celui de John, quel gentleman, pour être à côté d'Olga et discuter avec elle le soir. Cela faisait longtemps que Danièle n'avait pas eu d'amie et sa nouvelle complicité avec Olga lui faisait ressentir à quel point cela lui avait manqué. Danièle avait déjà eu quelques amies, mais toutes l'avaient trahie, pour un rôle, pour de l'argent, pour le simple plaisir de la trahison, toutes sans exception. Alors depuis, Danièle avait fait vœu de solitude. Elle fréquentait beaucoup de femmes, mais ne laissait jamais la relation s'étendre au-delà de l'échange poli. Pourtant, parmi les centaines de prétendantes qui la courtisaient, Danièle avait parfois eu des coups de cœur, des sentiments amicaux naissants dont elle avait dû avorter. Mais ce barrage qu'elle avait construit autour d'elle, toute cette méfiance, l'avait confrontée à sa propre image. Les gens du métier, les journalistes, les fans, tout le monde la considérait comme une femme qui avait réussi. Et c'était vrai, Danièle avait réussi, mais parfois, à l'abri des projecteurs, elle se demandait si l'on pouvait vraiment parler de réussite lorsque l'on n'avait personne avec qui la partager. Danièle savourait donc chaque éclat de complicité, chaque confidence chuchotée et, perchée sur son lit superposé, découvrait un sens nouveau à son existence.

■■■

Souvent au dîner, Duvivier et François se retrouvaient côte à côte. Cette proximité avait créé quelques liens et les deux hommes avaient commencé à parler de foot, de poker, et après plusieurs jours de rodage, le grand sujet était finalement sorti.

— Et toi François, tu es marié ?

— Je… c'est compliqué. Oui, je suis marié, mais ma femme, disons que nous faisons une pause en ce moment.

— Et tu as des enfants ?

— Oui. Eux aussi ils font une pause.

La conversation elle aussi fit une pause. Duvivier était un peu mal à l'aise. Peut-être qu'il n'aurait pas dû aborder le sujet. La famille, tout ça, c'est un peu délicat parfois. François quant à lui repensait à Beth et à ses enfants. Cela faisait plusieurs jours qu'il n'y avait pas pensé. Enfin si, il pensait tous les jours à eux, évidemment, mais disons que cela faisait plusieurs jours qu'il n'avait pas pensé à leur rupture, et à un espoir de réconciliation.

— J'ai perdu mon boulot, et ma femme m'a quitté, elle est partie avec les enfants. Au début, j'ai voulu en finir, et puis Michel m'a tendu la main, il m'a parlé de son film, et... Beth... c'est ma femme ou mon ex-femme, je ne sais plus trop... je voulais lui montrer que je pouvais redevenir quelqu'un, je voulais pouvoir à nouveau lui offrir le standing qu'elle méritait, que sa vie, que notre vie redevienne comme avant. Mais finalement, depuis que je suis ici, j'ai pris du recul sur la situation, et... si je continue ce projet, ce n'est plus pour Beth. Ma femme a épousé un train de vie, et j'ai besoin de quelqu'un qui m'aime vraiment pour ce que je suis, qui soit là quand ça ne va pas. Ce projet, si je m'investis autant, c'est pour mes enfants tu vois, je voudrais leur montrer que leur père n'est pas un raté, qu'il est capable d'accomplir des choses bien. Je voudrais qu'ils soient fiers de leur père.

Dov, qui était à la table derrière, avait tout entendu de cette confession qui ne lui était pas destinée, mais qui lui avait profondément parlé. Il pensa à ses jumelles. Il pensa à ce qu'il serait capable de faire si on lui enlevait ses enfants, et il eut soudain un élan de compassion pour François. Une sorte de syndrome de Stockholm foudroyant qui lui fit quitter la table. Il fallait absolument qu'il parle à Hadrien, qu'ils abandonnent leur plan.

▪▪▪

François, malgré le contexte, tenait à respecter les règles syndicales, et octroyait donc à toute l'équipe un jour de repos par semaine. Michel, qui avait retrouvé des cartes probablement oubliées par les ouvriers sur le chantier, proposa d'organiser une partie de poker. Pendant que tout le monde s'activait à décider ce qui des cailloux ou des morceaux de noix de coco ferait office de jetons, Michel décida d'aller prévenir Karen qui s'était absentée après le repas. François se chargea de transmettre les règles à Dov, mais c'était sans compter sur Hadrien, autoproclamé champion de poker après avoir un soir battu Patrick Bruel, qui commença à contester certaines explications. Là-dessus Danièle, qui avait mollement regardé quelques tournois diffusés sur le câble, mit son grain de sel dans l'affaire, et la partie s'enflamma avant même que les cartes n'aient été distribuées.

■■■

Michel ne prit pourtant pas le chemin des bungalows. Il se dirigea vers la plage, car il avait quelque chose à répéter, quelque chose de spécial, qu'il ne voulait pas que les autres entendent. Isolé du campement, Michel déplia nerveusement une feuille griffonnée arrachée de son petit carnet rouge et la relut avec concentration. Puis il la replia dans sa poche et répéta sa déclaration d'amour, dont la plupart des mots étaient assourdis par le bruit des vagues. Michel était nerveux, mais décidé. Il avait mis du temps à se lancer, mais maintenant il se sentait prêt. Il n'avait plus la force d'attendre et d'espérer, à présent il voulait savoir, vivre une grande et belle histoire d'amour, ou se faire une raison. C'était maintenant ou jamais.

▪▪▪

Karen s'était éclipsée pour aller prendre une douche. Cette journée avait été particulièrement chaude et éprouvante, et elle voulait se débarrasser de cette désagréable sensation de sueur qui lui collait à la peau. Pendant que l'eau coulait sur son visage, Karen pensa à Michel. Karen était amoureuse de Michel, elle l'avait toujours été, mais Michel ne faisant aucun pas vers elle, elle avait dû se rendre à l'évidence et ne le considérer que comme un ami. Oh, c'était un ami idéal, à l'écoute, disponible, concerné… Pourtant elle n'arrivait pas à chasser cette idée de sa tête qu'une fois le film sorti, Michel sortirait probablement avec une grande blonde, un top model suédois qui lui dirait « mon amour » en roulant du r. Et elle le perdrait pour toujours. Karen détestait cette idée, et elle détestait encore plus l'idée de ne rien y pouvoir. Elle aurait voulu que Michel tout à coup réalise qu'il l'aimait et, comme dans la chanson, qu'il ne perde pas un instant pas une seconde, qu'il vienne la retrouver.

On frappa à la porte. Karen sursauta. Avait-elle imaginé qu'on frappait à la porte ou frappait-on réellement à la porte ? On frappa à nouveau. Le rythme cardiaque de Karen passa à la vitesse supérieure.

Elle attrapa une serviette qu'elle enroula autour de son corps humide, s'avança et tourna lentement la poignée en retenant sa respiration…

■■■

Bob s'activait à nettoyer son avion pour oublier le goût du vin, comme un mirage sur ses papilles. Depuis qu'il était ici, il avait sauté tous les apéritifs, et s'en tenait à ce qui était autorisé. Il avait cependant trouvé un accord avec Danièle, qui lui échangeait son carré de chocolat du mercredi contre son verre de rouge. Mais tout de même, cela ne faisait pas beaucoup, en tout cas pas assez pour Bob, qui ne se sentait plus que l'ombre d'une éponge. Devant Lulu, il gardait la face, il voyait bien comme elle était heureuse ici, et c'est d'ailleurs ce qui l'avait fait tenir au début, mais à présent Bob craignait que ce ne soit plus suffisant. Alors il frottait la carcasse de son avion, et se répétait qu'il n'avait pas besoin d'alcool pour exister. C'est ce qu'on lui avait appris aux Alcooliques anonymes. Il n'y était pas resté très longtemps. De voir tous ces alcooliques repentis qui racontaient l'échec de leur vie et qui exposaient leur sobriété de trois jours avec fierté, ça le déprimait plus qu'autre chose. Et quand il était déprimé, Bob buvait. Au départ, il n'avait pas pris au sérieux les avertissements de Lulu. Il en voyait des tas, des types qui picolaient plus que lui aux Lucioles, et puis surtout, Bob avait le sentiment de pouvoir s'arrêter quand il voulait. Clac, comme ça, d'un claquement de doigts. S'il voulait. Sauf qu'il ne voulait jamais. Et de verre en verre, il s'était enfoncé un peu plus dans l'alcool. Il faut dire qu'entre son RSA et les désirs d'enfant de Lulu, Bob n'avait pas franchement le moral. Comme s'il ne s'était pas aperçu qu'elle voulait un enfant. Pff… il avait bien vu les photos de bébé cachées dans sa coiffeuse, et puis il l'avait surprise plusieurs fois au parc à côté, à loucher vers le bac à sable. Bob aurait bien aimé avoir un enfant, mais il ne voulait pas qu'il ait un père alcoolique. Ça non. Aujourd'hui, Bob sentait qu'il avait une chance de se sauver de sa vie, et de tout recommencer avec Lulu, de prendre un nouveau départ. Alors il frottait, il frottait le goût du vin dans sa gorge contre la carcasse de l'avion.

— Eh bien, dites-moi, il sera bien propre votre avion !

Bob se retourna. Olga était à contre-jour et lui souriait largement.

— Oui, c'est pas mon avion en fait, alors j'ai pas intérêt à ce qu'il s'abîme ! Vous ne jouez pas aux cartes avec les autres ?

— Non…

Olga resta un instant silencieuse, à observer Robert frotter la carlingue.

— J'aimerais bien qu'un homme prenne soin de moi comme vous prenez soin de cet engin !

Bob ne savait pas très bien comment réagir à cette phrase. Olga lui paraissait un peu triste, alors il tenta un compliment pour la réconforter.

— Ne me dites pas que vous n'avez pas d'homme qui prenne soin de vous, je ne vous croirais pas !

— Je vous en prie, appelez-moi Olga !

Olga sourit à Robert et se recoiffa vaguement avec la main.

— Les hommes, les hommes… vous savez, la plupart ne voient en moi qu'une icône désincarnée…

Bob n'était pas certain de saisir toute la subtilité de la formule, mais Olga lui était malgré tout sympathique. Elle s'approcha de lui.

— J'aimerais tellement que quelqu'un m'aime pour ce que je suis vraiment, une femme, une femme qui n'attend que d'être aimée.

Bob était un peu mal à l'aise. Ce n'était pas n'importe qui, il avait en face de lui Olga, et elle s'intéressait à lui. Non, elle ne pouvait pas s'intéresser à lui, c'était absurde! Il devait se faire des idées… Mais après tout, Olga était une femme, et était-ce si incroyable que ça qu'elle puisse s'intéresser à un homme comme lui? Bob était perdu. Il aurait bien pris un petit verre pour y voir plus clair.

■■■

— Bonsoir, je… je ne te dérange pas?

— Non, pas du tout, entre.

John s'avança dans la pièce.

— Tu es sûre que ça va?

— Oui, oui, c'est juste que… je ne m'attendais pas à te voir.

Karen masqua sa déception par un sourire, et s'assit au bord du lit. John s'assit à côté d'elle et lui prit la main. Karen fut d'abord un peu surprise par son geste, mais John lui sourit à son tour et lui demanda ce qui n'allait pas. La jeune femme fut touchée par cette attention, par le fait que quelqu'un qu'elle ne connaisse pas s'intéresse vraiment à elle, et ne se contente pas d'une réponse du type « oui ça va ». Alors Karen commença à expliquer à John qu'elle se sentait seule, qu'elle aimait quelqu'un mais qu'elle n'osait pas le lui avouer parce que cette histoire lui semblait impossible et qu'en même temps l'idée d'une histoire impossible la faisait encore plus chavirer, peut-être à cause du défi ou sans doute parce que cela lui rappelait les grandes histoires d'amour, Tristan et Iseult, Roméo et Juliette, Charles et Camilla... Et Karen se demandait si elle n'avait pas trop cru ce qu'on racontait dans les contes de fées parce que jusqu'à présent personne n'était venu la délivrer de son existence merdique. Mais celui-là, elle sentait que c'était le bon. En disant cela, Karen serra la main de John, comme pour appuyer sa conviction. John avait écouté Karen avec attention, et l'on aurait pu croire qu'il avait abandonné son narcissisme quelques instants pour s'ouvrir à quelqu'un d'autre que lui, mais c'était là sous-estimer l'égocentrisme du personnage, qui s'était tout de suite reconnu dans la description de Karen.

— Ton prince charmant, il est sur l'île, n'est-ce pas ?

Karen regarda John, stupéfaite. Comment avait-il pu deviner ? Était-ce si évident ? Mais si c'était si évident, pourquoi Michel n'avait-il pas bougé ? Karen était si contente d'avoir trouvé quelqu'un qui la comprenne... Elle fit un large sourire à John, qui prit cela pour un encouragement. Sans prévenir, il plaqua ses lèvres contre celles de Karen et fit tourner sa langue à une vitesse incroyable. Michel, dans l'encadrement de la porte, perdit son enthousiasme à une vitesse encore plus incroyable. Il sortit du bâtiment en courant et ne s'arrêta complètement essoufflé qu'au bout de la plage pour frapper son poing contre un tronc de palmier, ce qui lui fit nettement plus mal qu'il ne l'aurait imaginé. Michel ressortit sa déclaration et la déchira en mille morceaux, puis il se laissa tomber sur le sable et se mit à pleurer simplement. Tous les sentiments bouillonnaient à l'intérieur de lui : l'amour, la haine, le désespoir, la rage, la culpabilité, la vengeance… Michel s'en voulait d'avoir choisi John. S'il ne l'avait pas kidnappé, Karen serait peut-être dans ses bras à lui à l'heure qu'il est. Mais en même temps Michel se disait que cela n'aurait rien changé car Karen ne l'aimait pas. Elle ne l'aimait pas. Karen ne l'aimait pas. Cette phrase tournoyait comme un vautour dans le cœur de Michel, qui se laissait dévorer.

▮▮▮

Karen mit quelques secondes avant de réagir. Elle repoussa John et lui donna une gifle magistrale, du genre de celles que l'on donne pour de faux dans les films américains des années cinquante et qui vous font basculer de côté dans un élan dramatique intense. Sauf que la gifle était pour de vrai et qu'elle ne fit même pas vaciller John.

— Non mais ça va pas ou quoi ?

John ne comprenait pas.

— Je ne comprends pas… Et toute cette histoire de prince *charming*?…

Ça y est! John faisait la connexion.

— Oh, ce n'est pas moi, n'est-ce pas?

— Non, John, ce n'est pas toi! Enfin, ne le prends pas mal, tu es tout à fait charmant, mais je suis amoureuse de quelqu'un d'autre, tu vois.

En réalité, John ne comprenait pas que l'on puisse lui préférer quelqu'un d'autre, mais dans l'immédiat il ne voyait pas d'autre solution que d'acquiescer.

— Oui, oui, parfaitement, je…

■■■

— Oui, oui, parfaitement, je te dis qu'il faut tout arrêter!

— Attends, Dov, on ne va pas tout laisser tomber parce que tu as entendu que l'autre avait un gosse, c'est ridicule! Tu crois qu'il a pensé à tes enfants à toi quand il t'a kidnappé? Tu crois qu'il en avait quelque chose à chier de te séparer de ta famille, lui? Non, bon, alors t'arrête ton délire. Si t'as pas les couilles de le faire, je me passerai de toi, c'est tout.

Audrey annonça qu'elle se retirait du jeu et quitta la table de poker pour aller rejoindre les deux hommes. Elle sentait qu'il se tramait quelque chose et, sur ce coup-là, elle ne voulait pas être hors jeu, mais lorsqu'elle arriva, Dov était déjà parti.

— Qu'est-ce qui se passe?

— Il se passe que Dov a perdu ses couilles… C'est une métaphore.

— Ah bon ? Moi qui allais me proposer pour les chercher avec lui.

Hadrien réfléchit un instant en fronçant les sourcils.

— Mais nous n'avons pas besoin de lui. On ne change rien. On va s'en aller tous les deux, ce soir, et merde pour les autres.

Hadrien enlaça amoureusement Audrey, mais la jeune femme se dégagea rapidement. Audrey détestait ce genre d'attitude mielleuse et, si elle n'avait pas eu besoin de lui pour s'échapper de cette île, elle lui aurait volontiers envoyé une de ces gifles magistrales, du genre de celles que l'on donne pour de faux dans les films américains des années cinquante et qui vous font basculer de côté dans un élan dramatique intense.

— Oui, bon, enfin, il faut quand même modifier un peu le plan, tu ne crois pas ? On aura tout le temps de se câliner plus tard !

∎∎∎

Cela faisait un petit moment que Lulu perdait, et elle fit tapis sur une paire d'as, qui malheureusement ne fit pas le poids face au full de Danièle, qui encaissa avec gourmandise les morceaux de noix de coco. Lulu décida d'aller voir Bob. Cela faisait un moment qu'il était parti, et sa présence lui manquait. Il faut dire qu'à Paris, ils ne se quittaient pratiquement jamais, et finalement cette proximité de fait était devenue une sorte d'habitude qui elle-même s'était transformée en addiction. Lulu se sentait vraiment bien sur cette île, elle avait l'impression de revivre loin des problèmes de la capitale. Lulu se remaquilla un peu. « Le maquillage, c'est la beauté des moches », disait-elle souvent. Lulu ne s'aimait pas sans maquillage, peut-être ne s'aimait-elle tout simplement pas, mais maquillée, elle se tolérait. Lulu aurait aimé être belle. Non pas qu'elle soit moche, mais elle se trouvait insignifiante, une fille comme il y en a tant, une inaperçue. Parfois elle se demandait si ses parents l'auraient abandonnée si elle avait été belle, parce qu'on a beau dire, on abandonne moins facilement les jolies. D'ailleurs à la DDASS, les filles n'étaient pas belles, et celles qui l'étaient trouvaient une famille, les autres… Mais Lulu avait trouvé Bob, et Bob l'aimait vraiment, il l'aimait jusqu'en dessous de la couche de fond de teint. Lucienne se regarda dans la glace et reposa son mascara. Elle avança vers la plage, la tiède brise marine lui caressait le visage, elle se sentait bien. Elle s'approcha de l'avion en catimini pour faire une surprise à Bob – Lulu adorait ce genre d'arrivée – mais ce qu'elle entendit de l'autre côté de l'engin la stoppa dans son élan.

— … de Lucienne, je ne sais pas comment lui dire. Vous au moins vous me comprenez, Olga. C'est tellement compliqué l'amour, des fois je me dis que c'est pas pour moi. J'ai envie de tout plaquer…

— Vous savez, Robert, il faut savoir prendre des risques dans la vie, prendre le risque de tout perdre pour goûter au vrai bonheur.

— Je sais, mais c'est comme tout, c'est quand même plus facile à dire qu'à faire, ma belle !

Lulu reconnut le rire grave et sensuel d'Olga. Elle n'arrivait pas à réaliser ce qu'elle venait d'entendre. Elle hésita à repartir, s'avança un peu pour avoir un aperçu de la scène et ce qu'elle vit l'acheva. Olga prenait Bob dans ses bras, et lui se laissait prendre. Assez. C'était la goutte d'eau qui faisait déborder le verre de pastis. Lulu fit marche arrière et retourna au campement. En marchant, des larmes lui montèrent aux yeux. Pourtant, elle ne voulait pas pleurer, non, Lulu se refusait à éprouver une quelconque faiblesse. Elle avait vécu des épreuves bien plus difficiles, avait surmonté les coups bas du destin sans sourciller, elle n'allait pas se laisser déstabiliser par ses sentiments. Lulu était plus forte que cela, elle était plus forte qu'elle-même.

▮▮▮

Michel avait récupéré la clé des cuisines et était allé directement s'approvisionner sur la réserve générale. Il en était à son quatrième verre de vodka lorsque Lulu le rejoignit.

— Lulu ! Mais… qu'est-ce que… hic ! tu fais…

Michel resta suspendu dans le temps quelques secondes avant de finir sa phrase.

— … ici ?

Sans répondre, Lulu lui prit la bouteille des mains. Elle ne savait pas de quoi il était question pour lui, mais elle avait décidé qu'elle était la plus malheureuse des deux, et s'il le fallait elle était prête à ressortir le dossier DDASS-enfance-volée pour récupérer la bouteille. Michel lui tendit un verre alors qu'elle avait déjà le goulot enfoncé dans la bouche. Chacun à tour de rôle, ils finirent la bouteille et en entamèrent une autre. Lulu finit par rompre le silence.

— L'amour, c'est des conneries. Personne vous aime jamais vraiment.

Michel fut sensible à ses mots autant que son état de lucidité le lui permettait. Il voulut prendre la parole mais la parole ne voulait pas se laisser prendre, alors il laissa Lulu continuer. Dans un discours plus ou moins cohérent, elle exposa les désillusions auxquelles elle était en proie – « à chaque fois... c'est dans ma gueule... à chaque fois... l'autre, eh ben c'est pareil, qu'est-ce que, qu'est-ce que... il est comme les autres, c'est pareil. Personne ne m'aime ». Michel s'était réveillé à la fin de la tirade et ne pouvait accepter qu'une femme aussi sympathique que Lulu puisse penser une telle chose. Aussi lui bava-t-il un petit « mais si moi je t'aime Lulu » réconfortant. Leurs regards alcoolisés se croisèrent et dans un mouvement incertain, leurs bouches aussi...

Pas de deux

Au clair de lune, deux silhouettes se faufilèrent d'un bâtiment à l'autre. Une pluie tropicale s'était mise à tomber. Dans le hall, Hadrien et Audrey répétèrent une dernière fois les détails de leur plan, puis lancèrent l'attaque. Audrey restait derrière Hadrien, qui en cette nuit étoilée se sentait l'âme d'un James Bond. Lentement, ils montèrent jusqu'au premier étage. C'est là que se trouvait l'arme. François devait la garder près de lui pour dormir et, une fois qu'ils l'auraient récupérée, ils prendraient Robert en otage pour piloter jusqu'au continent. De là, ils regagneraient Paris, et raconteraient une version de l'histoire qu'ils avaient pris soin de mettre au point. Ils seraient des héros, et joueraient leurs propres rôles dans l'adaptation au cinéma de leur histoire. Hadrien introduisit les deux branches métalliques dans la serrure. Audrey le regardait faire, mais au bout de quelques minutes, la porte ne s'ouvrait toujours pas.

— Alors ?

Audrey s'impatientait. Elle ne supportait pas d'avoir affaire à des amateurs. Hadrien quant à lui tentait de rester concentré, mais cette serrure lui donnait vraiment du fil à retordre, et l'agacement d'Audrey le rendait nerveux. Au bout de quelques minutes pourtant, le déclic se fit entendre. La porte grinça légèrement, et tous deux retinrent leur respiration. Hadrien pénétra à l'intérieur de la chambre, toujours suivi de près par Audrey, qui eut soudain envie d'éternuer. C'était nerveux, elle le savait. Lorsqu'elle rencontrait un grand réalisateur ou le premier jour d'un tournage, Audrey avait toujours une crise d'éternuements. Mais ce n'était pas le moment, pas ici, pas maintenant. Audrey se concentra sur l'action présente et réussit à se contenir. Hadrien progressa dans l'obscurité. Délicatement, il ouvrit le tiroir de la table de chevet, mais l'arme n'était pas là. Audrey lui fit signe que François devait l'avoir gardée sur lui pour dormir. Hadrien souleva alors le drap qui recouvrait François lorsque tout à coup la lumière s'alluma.

— Vous cherchez quelque chose ?

Derrière la porte se tenait François, assis sur une chaise, le revolver à la main, pointé vers eux. Audrey balança un coup de coude à Hadrien, comme s'il attendait qu'elle lui envoie un signal pour pouvoir agir.

— Ce... Ce n'est pas ce que vous croyez, je peux tout vous expliquer.

Audrey leva les yeux au ciel. Décidément, elle n'avait pas misé sur le bon cheval. Alors elle tenta de sauver sa peau.

— C'était son idée ! Il a tout organisé, il... il m'a séduite et il m'a manipulée. Je ne voulais pas, je vous jure !

— Quoi ??

Hadrien n'en revenait pas. Audrey était en train de le balancer. Quelle sale pétasse ! Il comprenait mieux pourquoi Bikini la détestait autant.

— Je t'ai manipulée ? Non mais ça, c'est la meilleure ! C'est toi qui as tout planifié dans les moindres détails, c'est elle ! Elle a même écrit sur des brouillons la version que l'on donnerait à la presse quand on serait rentrés sur Paris ! Ahah ! Ils sont sous son matelas, vous pouvez vérifier, c'est son écriture !

— Salaud !

— Salope !

— Pauvre type !

— Connasse !

— Ça suffit ! J'en ai assez entendu pour ce soir ! Allez vous coucher !

— C'est tout ?

— Vous dormirez dehors, pour ne pas réveiller les acteurs qui ont envie de faire ce film.

— Dehors ? Mais il pleut !

Audrey jeta un coup d'œil à la fenêtre, la pluie ne s'était pas arrêtée.

— Ça vous rafraîchira les idées.

— Mais…

— Tatata ! Je ne crois pas que vous soyez en mesure de discuter les ordres, alors DEHORS !

∎∎∎

Par la fenêtre entrouverte, Duvivier entendit des éclats de voix assourdis par le bruit de la pluie. En temps normal, il se serait levé pour mener l'enquête, mais cette nuit, Duvivier était bien trop occupé... à rêver. Cela faisait longtemps que Duvivier n'avait pas rêvé, ou du moins qu'il n'avait pas eu conscience de rêver. Ainsi donc, Duvivier, qui n'avait même pas le permis, conduisait un camion, un épi de blé à la bouche, et regardait le paysage d'été défiler. À ses côtés se tenait une personne dont il ne distinguait pas nettement l'identité. Tout ce qu'il savait, c'est qu'il aimait cette personne, qu'il l'aimait de tout son cœur, et qu'il se sentait bien sur cette route de campagne. Duvivier fit encore quelques kilomètres de rêve, puis s'arrêta un instant pour téléphoner à ses parents, qui étaient morts il y a une dizaine d'années. Il leur annonça qu'il allait se marier, et leur demanda s'ils avaient du bœuf bourguignon, sans doute une digression onirique. Puis Duvivier raccrocha le combiné et, comme une machine à sous, des centaines de pièces se mirent à tomber de l'appareil. Duvivier les collecta dans son tee-shirt et retourna au camion, plus heureux que jamais. Mais au fur et à mesure qu'il s'approchait, le camion s'éloignait. Duvivier se mit donc à courir, il ne voulait pas laisser sa bien-aimée lui échapper. Plus vite, plus vite... Duvivier transpirait à grosses gouttes dans son lit. Il voulait rattraper le camion, à tout prix. Petit à petit, Duvivier se rapprochait, et plus il se rapprochait, plus il discernait les traits de son amoureuse. Lorsque Duvivier eut rattrapé le camion, il ouvrit la porte de la cabine, et découvrit le visage de François, tourné vers lui, qui lui souriait. Duvivier laissa tomber ses pièces dans un fracas métallique, et poussa un hurlement qui le réveilla.

■■■

Tout le monde dormait encore lorsque Michel et Lulu s'éclipsèrent des cuisines en catimini le lendemain à l'aube, tout le monde excepté François, qui les surprit à peine dehors.

— Michel ! Bordel, où étais-tu passé ? Je t'ai cherché toute la nuit !

François jeta un œil à Lulu, dont il n'avait pas encore remarqué la présence, et comprit plus ou moins ce qui s'était passé.

— Non, en fait, je préfère ne pas savoir. Bon, Michel, écoute, on a un problème, il faut qu'on en parle.

Michel, un peu gêné, fit un petit signe en forme d'au revoir à Lulu, qui lui renvoya la pareille. Tous deux ne savaient pas vraiment comment se comporter vis-à-vis de ce qui s'était produit accidentellement la nuit passée, mais chacun savait qu'il s'agissait d'une erreur qu'il valait mieux oublier au plus vite. Aussi, même s'il était un peu tôt pour avoir une conversation fondamentale, Michel se cramponna à la perche que lui tendait François.

— Deux acteurs ont tenté de s'enfuir cette nuit.

— Quoi ?? Qui ?

Mais avant que François n'ait le temps de répondre, Michel trébucha sur Hadrien, qui dormait à même le sol, à quelques mètres d'Audrey. François les désigna de la tête.

— Heureusement, Dov, qui est un fidèle, m'a averti de leur complot et j'ai pu stopper leur action avant qu'il ne soit trop tard.

Michel était un peu surpris par le langage de François. « Fidèle », « complot », « stopper leur action avant qu'il ne soit trop tard »...

— François, on n'est pas dans une secte là, on tourne juste un film, alors on se calme ! Tu as l'air défoncé, tu devrais aller te reposer un peu.

François grimaça, c'est vrai que ses traits le tiraient, quelques heures de sommeil ne lui feraient pas de mal.

— Oui, mais tout de même il faut agir, on ne peut pas laisser passer ça ! Écoute, j'ai eu une idée... pour la punition. Quelque chose de fort, qui marque les autres.

■■■

Comme chaque matin de tournage, Olga prit un petit déjeuner composé d'un café noir ainsi que de deux biscottes tartinées de miel. Comme chaque matin de tournage, Olga jeta un œil sur les scènes qu'elle tournerait dans la journée et s'assura qu'elle connaissait son texte sur le bout des doigts. Comme chaque matin de tournage, Olga était d'une humeur massacrante et n'adressait la parole à personne. Comme chaque matin de tournage, Olga se dirigea vers la loge maquillage, où Lulu l'attendait comme chaque matin de tournage, ou presque.

— Bonjour, Olga !

Évidemment, Olga ne répondit pas. Elle s'assit sur la chaise en plastique blanc et ferma les yeux en soupirant. Lulu saisit un pinceau, puis un autre, et se mit au travail en toute conscience professionnelle. Elle conseilla également à Olga un léger brushing afin de mettre en valeur sa crinière. Bien que réticente, Olga y consentit lorsque Lulu lui apprit qu'elle prodiguait tous les jours à Danièle ce brushing spécial dont elle avait le secret.

Cela faisait plus d'une heure que Lulu s'occupait d'Olga, et les autres comédiens, voyant l'heure du PAT[1] approcher, s'inquiétaient et réclamaient leur tour. François vint lui-même toquer au carreau.

— Lulu, on réclame Olga sur le plateau immédiatement !

Lulu n'eut pas le loisir de finaliser son œuvre comme elle l'aurait souhaité car Olga ôta précipitamment la serviette de protection autour de son cou et sortit sans un regard, sans un mot pour Lulu, qui s'occupa alors des autres comédiens.

Sur son chemin, Olga croisa Dov, qui lui fit un clin d'œil et la félicita sur son nouveau look très réussi, puis Duvivier qui la regarda avec insistance. Enfin, Olga arriva sur le plateau où elle retrouva Danièle qui poussa un hurlement en la voyant.

— Mais ma chérie ! Mais qu'est-ce qu'ils t'ont fait ? On dirait une vieille pute à deux dollars !

Danièle ne put contenir un petit sourire moqueur. Olga demanda qu'on lui apporte un miroir et,

1. PAT : prêt à tourner.

lorsqu'elle découvrit son portrait, elle ne put retenir un cri de rage !

— Je vais la tuer !!! Je vais la tueeeeeeeer !!!

Michel appela Robert pour l'aider à contenir Olga qui voulait retourner à la loge maquillage. Robert ne put retenir un pouffement de rire, qui ne fit qu'attiser la colère d'Olga.

— Dis donc, je ne sais pas ce que vous lui avez fait, mais elle vous a pas raté ma Lulu !

Lorsqu'elle se fut calmée, Olga commanda du démaquillant. Robert décida d'aller lui en chercher. Sur le chemin, il repensa au visage d'Olga, et ricana tout seul. Mais arrivé sur place, il reprit son sérieux.

— Lulu ? Je peux savoir ce qui t'a pris de maquiller mademoiselle Olga comme ça ?

Lulu lui tournait le dos et faisait mine d'être occupée à nettoyer ses ustensiles. À vrai dire, elle ne s'attendait pas à ce que Bob vienne lui demander des explications en personne.

— Maquillée comment ?

Lulu se mordit la langue pour ne pas rire. C'est vrai qu'elle y était allée un peu fort ! Mélanger du bleu cyan avec du fuchsia, du mascara vert et au moins six couches de blush… sans parler du « brushing »… elle n'y était pas allée de main morte. Mais enfin, aux grands mots les grands remèdes !

— Te fiche pas de moi Lulu !

Cette fois, Lulu ne pouvait plus esquiver. Il lui fallait affronter le problème.

— Parce que c'est moi qui me fiche de toi, Robert ?

« Robert ». Bob ne comprenait pas vraiment de quoi il était question, mais si Lulu l'appelait Robert, c'est qu'il s'agissait de quelque chose de sérieux.

— Mais de quoi tu parles ?

— Oh, arrête ton cinéma ! Je t'ai vu l'autre jour, parler avec « mademoiselle » Olga !

— Quoi ? Oui, on a parlé l'autre jour avec Olga, et je ne vois pas où est le problème !

— Ah, tu ne vois pas où est le problème, Robert, eh bien, je vais te dire moi, où qu'il est le problème ! « C'est tellement compliqué l'amour, des fois je me dis que c'est pas pour moi. J'ai envie de tout plaquer. » Tu vois toujours pas où il est le problème, Robert ?

À vrai dire, si, maintenant, Bob voyait parfaitement où était le problème : Lulu avait intercepté des bribes d'une conversation et elle en avait fait une interprétation qui n'avait rien à voir avec le contexte dans lequel ces paroles avaient été prononcées. Bob souriait désormais. Il souriait car Lulu était jalouse et si elle était jalouse, cela voulait dire qu'elle l'aimait encore, après tout ce qu'il lui avait fait endurer, l'alcool, les problèmes d'argent, tout ça, elle l'aimait malgré tout et il ne voulait pas la perdre. Bob souriait aussi car il était amusé de penser que Lulu croyait qu'il s'intéressait à Olga, qui entendons-nous bien était une femme tout à fait charmante, mais qui ne l'attirait pas du tout pour la simple et conne raison qu'il aimait Lulu. Lulu, qui n'avait pas suivi le chemin de pensée de Bob, et qui voyait simplement un sourire se dessiner sur ses lèvres, ne savait plus quoi penser. Sans le regarder, elle tendit une lingette démaquillante à Robert, qui ne la saisit pas.

— Lulu, je t'aime.

Lulu attendit un instant avant de relever son regard. Ces mots, cela faisait des années qu'elle les espérait, qu'elle les guettait, et aujourd'hui qu'elle ne les attendait plus, ils étaient là, presque surréalistes. Offerts. Mais n'arrivaient-ils pas trop tard ?

— Lulu, je sais que j'ai pas toujours été bien, que j'ai des problèmes, et que je t'ai fait du mal des fois, et… et je suis désolé, et si je pouvais effacer tout ce que je t'ai fait souffrir, je le ferais, crois-moi je le ferais. Mais c'est pas possible, c'est mal fait la vie, on a le droit qu'à une fois. Alors je peux pas te garantir que la vie avec moi, ce sera toujours tout bon du premier coup, mais ce que je peux te dire, c'est que je vais faire des efforts, pour devenir un homme meilleur, pour te mériter un peu plus, parce que… parce que je t'aime, Lulu, s'il y a une chose dont tu peux être sûre c'est que c'est toi que j'aime, et personne d'autre.

Lulu ne voulait pas pleurer pour que l'instant reste solennel, mais elle ne pouvait lutter contre le flot d'émotions qui débordaient de son cœur et faisaient couler son mascara. Non, ces mots n'arrivaient pas trop tard. Il n'est jamais trop tard pour aimer. Robert s'agenouilla.

— Lucienne Clément, veux-tu m'épouser ?

Lulu s'était entraînée tant de fois à dire oui devant la glace. Des oui souriants, des oui solennels, des oui rieurs, des oui amoureux, mais à cet instant précis, Lulu dit tout simplement :

— Oui.

Bob et Lulu n'attendirent pas la nuit de noces pour consommer leur union. Robert dégagea la table qui se trouvait à côté d'eux et, dans un mouvement passionnel, ils s'unirent pour le meilleur et pour le pire.

▪▪▪

Karen était anxieuse. Elle l'avait cherché partout, dans la chambre, sur la plage, dans les cuisines même si elle n'y allait jamais, elle avait balayé les loges et le plateau, rien. Pourtant elle n'avait pas pu le perdre, elle y faisait très attention, et savait combien il pouvait être dangereux. Cette situation dont elle ne pouvait parler à personne puisque personne n'était au courant, la rendait de plus en plus nerveuse. Après avoir vérifié pour la huitième fois qu'il n'était pas tombé sous son lit, Karen se dit qu'il fallait donner l'alerte, et décida de prévenir Michel, qui arrivait justement.

— Michel, il faut que je te dise quelque chose, c'est à propos de…

Mais Michel l'interrompit :

— Écoute, Karen, je n'ai pas le temps là, on verra ça plus tard.

Karen fut surprise par le ton de Michel, sec, différent. Elle se dit qu'il devait avoir passé une mauvaise nuit, mais tout de même c'était la première fois que Michel s'adressait à elle aussi abruptement. Karen n'eut pas le temps de réfléchir davantage car Michel fit une annonce à l'ensemble de l'équipe.

— Bonjour à tous, j'ai apporté quelques modifications au scénario, que je trouvais un peu plat. Et donc, Astria tue Guster, enfin vous lirez.

Karen regarda Michel. C'était impossible ! Comment Astria pouvait-elle tuer Guster alors qu'il était censé être l'homme de sa vie ? John quant à lui était ravi de mettre un peu de sanglant dans l'histoire, même s'il aurait préféré que ce soit Guster qui tue Astria pour endosser le détestable rôle du meurtrier sadique. Karen se dirigea immédiatement vers Michel.

— Michel ! Michel ! Mais enfin ce n'est pas possible ! Astria ne peut pas tuer Guster enfin !

— Ah oui ? Et pourquoi donc ?

— Mais… mais parce qu'elle l'aime ! C'est… c'est une histoire d'amour !

— De qui parle-t-on, Karen ? De John ou de Guster ? Ce n'est pas une histoire d'amour, c'est un film, c'est mon film, et c'est moi qui décide. C'est clair ?

Michel planta là Karen, qui ne comprenait pas de quoi parlait Michel, et surtout pourquoi il lui parlait si mal. Karen chercha si elle avait pu faire quelque chose qui l'aurait blessé, mais elle ne trouva rien qui justifie un tel comportement. En tout cas, ce n'était surtout pas le moment de lui parler de son problème. Karen commença à lire la nouvelle version du scénario, qu'elle détesta. Astria devenait une femme sans pitié qui tuait de sang-froid celui qui l'aimait. Pourquoi Michel avait-il fait cela ? Karen ne comprenait pas.

■■■

François réapparut peu avant l'heure du déjeuner. Il avait dormi quelques heures, et avait l'air serein. Audrey et Hadrien se regardèrent sans parler.

— Chers amis ! Avant de passer à table, j'aimerais faire une petite annonce.

Toute l'équipe se réunit au centre du plateau.

— Voilà. Hier dans la nuit, j'ai… comment dire… « intercepté » deux d'entre vous dans ma chambre. Ces deux comédiens avaient pour projet de voler mon arme et de quitter le tournage avec Robert, notre pilote, en otage.

Des chuchotements se firent entendre dans l'assemblée. Hadrien et Audrey, qui ne voulaient croiser le regard de personne, gardaient les yeux braqués sur François.

— Aussi ai-je décidé de punir ces deux personnes pour haute trahison.

François alla chercher une serpillière et la brandit aux yeux de tous.

— Audrey, Hadrien, vous devrez laver les chambres et les sanitaires de toute l'équipe, mettre la table et débarrasser, ainsi que faire la vaisselle, et ce jusqu'à nouvel ordre. Votre peine prend effet immédiatement.

Un murmure d'effroi retentit. Aucun des comédiens présents n'avait touché de serpillière ni fait la vaisselle depuis des années, certains même n'avaient jamais frotté une assiette sale. La punition semblait incroyablement sévère, François le savait, mais il voulait une sanction exemplaire pour dissuader les autres fugitifs.

Audrey avait les larmes aux yeux, comme à l'annonce d'une peine capitale. Hadrien quant à lui avait du mal à réaliser ce qui lui arrivait. Mais très vite, François les ramena tous deux à la réalité.

— Vous devriez vous dépêcher, on passe à table dans quinze minutes !

Petites humiliations

Duvivier était bluffé. S'il avait eu quinze ans, il aurait accroché un poster de François dans sa chambre. C'était comme ça que Duvivier voulait être, c'était cette force de caractère dont il avait toujours rêvé mais qu'il n'avait jamais osé dégainer. Souvent, lorsque sa femme lui parlait, Duvivier imaginait les réponses qu'il pourrait lui faire.

— Tu viens te coucher mon amour ?

— Non, pas ce soir, ni les autres soirs d'ailleurs, j'ai pas envie, j'ai plus envie, de toi, de cette vie, je ne t'aime pas. En fait je ne t'ai jamais vraiment aimée tu sais, si je t'ai épousée c'est pour ton père, mais vu qu'il ne m'a pas encore pistonné pour un seul rôle, je me demande si ça valait le coup de se coltiner la fille.

Comme Duvivier n'était pas un monstre, il conclurait sur quelque chose de gentil, enfin de plus nuancé.

— Ce n'est pas contre toi, c'est comme ça.

Mais Duvivier avait beau prendre ses couilles à deux mains, les seuls mots qui sortaient étaient :

— J'arrive, chérie.

Duvivier pensa que François était un homme à poigne, dont il avait beaucoup à apprendre, et il alla apporter son soutien à François, dont la cote de popularité venait de chuter.

— C'était pas évident, mais tu t'en es tiré comme un chef!

— Tu crois?

François désigna les autres acteurs, qui lui jetaient des regards réprobateurs.

— Ils n'ont pas l'air de ton avis!

— Ça va leur passer, tu sais, au fond, ils sont bien contents, je les connais, va! Et puis tu ne pouvais pas laisser passer ça... Mais je me demandais, comment tu as su qu'ils viendraient?

Avant qu'il n'ait le temps de répondre, Karen s'interposa entre les deux hommes.

— François, il faut absolument que je te parle!

Karen était vraiment mal à l'aise. Elle allait devoir tout raconter à François et elle savait qu'elle allait passer un mauvais moment, surtout qu'après le succès de son discours, il ne devait pas être dans les meilleures dispositions. Elle se disait que ce serait toujours plus facile qu'avec Michel, mais pourtant elle n'avait pas envie de raconter toute l'histoire, d'être questionnée, et de devoir donner des réponses. C'était comme lorsqu'elle était convoquée chez la directrice de l'école pour avoir séché les cours. Elle n'avait pas envie de mentir, ni de dire la vérité, elle avait envie de partir en courant, et parfois c'est ce qu'elle avait fait. C'était pour cela qu'on l'avait obligée à voir un psychologue, M. Henri, un type de quarante-cinq ans, moche, gris, poussiéreux, et qui postillonnait pour ne rien dire. Dès la première séance, Karen avait eu envie de partir en courant, mais justement elle ne pouvait pas. Alors elle était restée, et au bout de trois séances sur une chaise, M. Henri avait estimé que Karen allait mieux, qu'elle « restait en place », comme il l'avait écrit dans son rapport. La directrice, satisfaite d'avoir une belle plante dans son établissement, avait réintégré Karen, qui cette fois s'était enfuie pour de bon. Mais aujourd'hui elle ne pouvait plus partir en courant, non pas parce qu'elle était adulte, mais parce qu'elle était sur une île et que ça ne servirait à rien. Elle devait affronter ses erreurs.

— Duvivier, tu nous excuses un instant ?

■■■

Audrey et Hadrien faisaient le service, et les autres comédiens, en apparence tous solidaires du sort de leurs confrères, étaient intérieurement ravis de se faire servir par eux. Pour la première fois, Lulu et Bob, qui se chargeaient habituellement du service, purent profiter d'un déjeuner avec le reste de l'équipe. Installée à l'autre bout de la table en raison des événements récents, Lulu faisait pourtant face à Olga, et lui jetait des regards snobs tout en racontant à l'ensemble de l'auditoire la demande en mariage de Bob, un peu gêné par cette notoriété aussi soudaine qu'éphémère. Mais tout le monde avait besoin d'entendre une belle histoire aujourd'hui, et ce fut celle de Bob et Lulu qui enthousiasma la tablée. Lulu embrassa Bob sur la bouche et lança un regard de défi à Olga, qui chuchotait avec Danièle.

— Non mais regarde-la, elle croit que je voulais lui voler son vieux machin qui pue la bière, c'est incroyable ! Regarde, regarde, tu as vu comme elle me fixe ? Enfin c'est dingue, qu'elle ait pu penser que je voulais sortir avec... ça ! C'est parfaitement humiliant.

Danièle était amusée par le manège de Lulu et surtout par l'agacement d'Olga. Elle décida d'entrer dans la partie.

— Je ne vois pas ce qu'il y a d'humiliant.

— Enfin, Danièle, tu vois bien, lui et moi, non mais c'est... c'est...

— Je sais. C'est une histoire impossible... Il en aime une autre !

— Danièle ! Arrête ça tout de suite, tu sais bien que je ne l'ai séduit que parce qu'il était pilote.

— Séduit, séduit... Pas tant que ça, il en épouse une autre. Il faut se rendre à l'évidence, tu n'es plus la grande séductrice que tu as pu être autrefois, chérie.

Olga était verte. Et le pire, c'est qu'elle n'avait rien à répondre à cela.

▪▪▪

François arriva juste lorsque Audrey et Hadrien apportaient le dessert. Mais il arrêta le convoi en chemin.

— Rapportez ça en cuisine, s'il vous plaît, et rejoignez-moi à table.

Les deux comédiens s'exécutèrent, chacun pensant que la punition était enfin levée. Quel soulagement ! Audrey ne comprenait décidément pas les filles qui étaient serveuses… Comment pouvait-on choisir un métier aussi ingrat ? Les gens ont parfois de drôles de goûts. Quant à Hadrien, il était ravi de pouvoir mettre de la distance entre Audrey et lui. Cette fille n'était qu'une arriviste, égoïste et prétentieuse, exactement comme l'avait décrite Bikini. Bikini… comme elle lui manquait ! Ses gestes, ses sourires, ses pipes aussi…

Audrey balança les plats en cuisine et courut presque rejoindre les autres. Elle était impatiente d'entendre les excuses de François, car il ne pouvait s'agir de rien d'autre que de plates excuses, pleines d'humilité et de repentir. Audrey s'arrêta un instant pour rehausser son décolleté et pincer ses joues. Elle lui pardonnerait, le séduirait et s'enfuirait avec lui en laissant tous ces incapables en plan. Plus Audrey y réfléchissait, plus elle pensait qu'elle tenait le bon bout. En réalité, la seule erreur qu'elle avait commise avait été de s'allier avec la mauvaise personne, mais elle ne reproduirait pas la même erreur.

Lorsque tout le monde fut installé, François prit la parole.

— On m'a rapporté une nouvelle des plus décevante. Karen, ici présente, avait avec elle sur l'île un téléphone portable.

Murmures dans l'assemblée.

— Un téléphone qui lui a été dérobé.

Cette fois, les murmures devinrent des chuchotements. Hadrien prit la parole.

— Et alors ?

— Et alors ? Et alors je souhaite que celui ou celle d'entre vous qui est l'auteur de ce vol se dénonce maintenant. Je compte jusqu'à trois. Un…

Les comédiens étaient mal à l'aise. Tous se dévisageaient. L'un d'entre eux avait un téléphone, l'un d'entre eux avait les moyens d'appeler au secours et d'être entendu.

— Deux…

La tension était palpable. Les uns s'interrogeaient du regard, les autres niaient d'un mouvement de tête, chacun soupçonnait son voisin, mais pour tout le monde c'était un scoop.

— Trois !

À vrai dire, François pensait qu'après son intervention matinale, le coupable se dénoncerait. Il avait foncé tête baissée sans réfléchir à la façon dont il allait sanctionner les comédiens. D'ailleurs fallait-il tous les sanctionner ? Devaient-ils tous payer pour le crime d'un seul ? François ne voulait pas être injuste, et ne voulait plus jouer les justiciers. Plein le cul de leurs histoires, de leurs complots ! Après tout, qu'allait-il faire ? Les priver de tout jusqu'à nouvel ordre ? On ne peut pas forcer les gens à agir contre leur volonté. Alors tant pis, il baissait les bras. Il abandonnait. Il agitait le drapeau blanc, ils avaient gagné. Après trois semaines de tournage, l'aventure prendrait fin, c'était leur décision.

— J'en ai marre ! Vous avez gagné ! Je suis désolé Michel, mais j'abandonne, c'est fini. Vous êtes contents ? Plus de tournage, fini ! Vous pouvez envoyer le générique de fin !

François, dépité, jeta sa serviette dans un geste de colère et quitta la table. Michel s'élança à sa poursuite, et tous deux disparurent dans la maisonnette.

Pour la beauté du geste

Personne à la table n'avait envisagé ce coup de théâtre. Les acteurs échangèrent quelques murmures.

— Mais qu'est-ce qui lui prend, il est fou ?

— C'est la pression des derniers jours de tournage, ça va passer... Blier avait fait ça une fois, il était parti trois jours avant la fin du tournage.

— C'était pas Mocky ?

— Tu me mets le doute...

— Mais qui a ce portable bon sang ?

— Oui, c'est vrai, celui qui l'a aurait pu prévenir les autres, ma femme est enceinte, j'aurais bien voulu lui passer un coup de fil pour la rassurer.

— Et moi ma bonne ! Elle doit se faire un sang d'encre !

— Enfin, je vous le dis, ce n'est pas moi !

— Ah, mais moi non plus !

— Il est évident que celui qui l'a n'a pas l'intention de se dénoncer, sinon il l'aurait déjà fait.

— Oui, et ?

— Et c'est tout !

— Si c'est parler pour ne rien dire, vous auriez mieux fait de vous taire mon cher ami !

— Non mais dites donc, pour qui elle se prend miss moumoute !

— Mais on ne parle pas comme ça à une dame, enfin !

— Oh, toi le *lover* ta gueule !

— Avec toutes ces histoires on n'a pas eu de dessert...

— Qui a ce putain de portable bordel de chiotte ?

— Peut-être qu'on ne serait pas dans cette situation si mademoiselle la pistonnée n'avait pas apporté son putain de portable sur l'île !

— Pistonnée ? Pistonnée ?

— Ah, eh bien, ma petite, il sait de quoi il parle lui, il s'est tapé la...

— LA FERME ! VOUS LA FERMEZ MAINTENANT !

Duvivier s'était levé et tout le monde s'était tu.

— Y en a marre de vos conneries ! On s'en fout de qui a le portable ! L'important, c'est le film ! C'est vrai, si vous avez été sélectionné pour ce projet, c'est que des gens croyaient en vous, des gens comme François, qui ont jugé que vous étiez les meilleurs pour ces rôles. Et si vous baissez les bras aujourd'hui, ça ne veut pas dire qu'ils ont échoué, ça veut dire que vous avez échoué. Vous avez échoué à être les meilleurs. Vous voulez que je vous dise ? Ce film, moi, je le trouve vachement bien. Mieux que la plupart des films dans lesquels j'ai joué et dans lesquels je vous ai vus jouer. Et moi j'ai envie de le terminer ce film, parce que j'ai envie de montrer que je suis le meilleur. Parce que quand on va rentrer, et on rentrera bientôt, vous ne pensez pas que tout le monde voudra voir ce film ? Moi, je pense que tout le monde aura envie de voir ce film, de voir notre travail. Et je n'ai pas envie de décevoir les gens qui croient en moi, parce que… parce que c'est trop précieux d'avoir quelqu'un qui croit en nous. Alors ce film, je veux le faire !

Tout le monde réfléchissait à ce que venait de dire Duvivier.

— Oui, mais t'oublies un truc, c'est que quelqu'un a peut-être déjà prévenu les autorités !

La remarque d'Hadrien n'était pas inintéressante, mais au vu de l'enthousiasme général, Duvivier se vit pousser des ailes.

— Karen, quand exactement as-tu vu ton portable pour la dernière fois ?

Karen se donna un instant de réflexion. Elle l'avait utilisé la dernière fois pour joindre son banquier, et elle s'en souvenait très bien parce que la banque était fermée, donc c'était lundi. Ensuite elle l'avait rangé sous son matelas et était allée prendre une douche… Et ensuite elle ne l'avait plus revu.

— Avant-hier.

— Tu es sûre ?

— Parfaitement sûre.

— Bien. Donc, en admettant que la personne qui a volé ce portable ait prévenu la police immédiatement, elle l'a prévenue lundi. En prenant en compte l'identification, les vérifications, l'instruction rapide, le déploiement de moyens techniques… paf paf paf, ça nous mène à vendredi. Nous sommes mercredi.

On a deux jours. Si on travaille non-stop, ça devrait être assez pour finir le film.

Un grand silence se fit entendre. Tout cela faisait réfléchir les acteurs à des problèmes d'ordinaire gérés par leurs managers, agents, et assistants en tout genre. Peu à peu, chacun se mit à penser au retour sur Paris, à la réaction du public et des médias lorsqu'ils apprendraient qu'un film avait été tourné. Ils voudraient le voir. Et puis, c'est vrai que ce film était bien, il fallait le reconnaître… Et tous se montraient quand même satisfaits du travail qu'ils avaient fourni sur ce projet. Ce serait dommage de gâcher tous ces efforts. Sans compter que si le film marchait, ils pourraient revendiquer une rémunération au pourcentage…

— Moi aussi ! Je veux le faire !

Dov s'était levé également. Duvivier lui envoya un regard plein de gratitude, que lui rendit l'acteur.

— Moi aussi !

— Moi aussi !

— Moi aussi !

— Moi aussi !

— Certainement pas.

Tous les regards se tournèrent vers Audrey.

— Alors quoi, il suffit qu'on nous kidnappe et hop, on fait un film ? Non, non, c'est trop facile !

— Mais puisque tu as déjà tourné, tu n'es pas à deux jours près !

— Ce n'est pas la question. Je ne vois pas pourquoi je ferais cadeau de mon talent à des gens qui… qui… à ces gens ! C'est une affaire de principe.

Hadrien sourit.

— Et depuis quand tu as des principes toi ?

Cette remarque fit sourire tout le monde, mais braqua Audrey. Danièle décida de récupérer le coup.

— C'est malin, ça ! D'autant plus de la part de quelqu'un qui a voulu faire un putsch. Sérieusement, Audrey, ma petite Audrey, pensez à votre carrière ! Ce film pourrait sacrément marcher...

— Sacrément marcher ? Une merde pareille ? Alors là, ça m'étonnerait, tiens ! Et puis mon rôle est tellement petit, ce n'est pas ça qui gênera le film.

— Quelle hypocrisie ! Vous êtes vexée parce que vous n'avez pas le premier rôle et vous faites chier tout le monde avec votre égocentrisme mal placé ! Arrêtez un peu votre cinéma !

— C'est ce que je fais.

L'affaire s'annonçait mal. Dov tenta de la prendre par les sentiments.

— Écoutez, Audrey, on ne se connaît pas bien, mais je vais bientôt être papa vous savez et...

— Oh, mais lâchez-moi avec vos gosses ! Vous voulez que je vous dise ? Vous gonflez tout le monde avec vos jumelles là ! Mettez-la en veilleuse deux minutes ça nous fera des vacances !

Dov, scandalisé par de tels propos, chercha un soutien dans l'assemblée, mais chaque comédien s'arrangea pour tourner la tête ou regarder ailleurs.

— Ah, je vois ! Ben merci, merci la solidarité !

— Non, mais ce n'est pas contre toi, Dov, mais c'est vrai que sans t'en rendre compte, parce que tu parles avec ton cœur, tu ne parles que de ça, et à un moment donné, ça peut... lasser un peu, tu comprends.

— Mais toi, Hadrien, tu crois pas que ça me gonflait quand tu me prenais la tête avec Audrey ? Et est-ce qu'elle m'a regardé ? Essaie de savoir ce qu'elle pense de moi ? Regarde comme elle est ceci, cela, gna gna gna ? Tu crois pas que tu me brisais les couilles ?

— Pour les briser, il faudrait déjà en avoir...

— Pardon ?

— Non, rien.

Audrey, sentant qu'elle n'était plus le centre d'intérêt de la conversation, se racla bruyamment la gorge.

— Très bien, j'ai entendu vos arguments, et je vous donnerai ma réponse demain.

— Demain ? Mais... et tes scènes ?

— Vous n'avez qu'à tourner les vôtres d'abord.

■■■

Duvivier était allé alerter Michel et François de la tournure nouvelle que prenaient les événements.

— Merci.

Duvivier prit la main de François et la serra avec toute la virilité qu'il pouvait mettre dans un serrement de main. Les trois hommes rejoignirent ensuite les autres sur le plateau.

Le compte à rebours avait commencé, et les comédiens se mirent à travailler leur texte avec une détermination inédite. Danièle fit preuve d'une énergie hors norme. Jamais elle ne s'était autant défoncée pour un rôle, jamais. Lorsque Michel lança l'action, Danièle disparut pour laisser place à Gertrude, celle que Michel avait imaginée, trait pour trait, expression pour expression, intonation pour intonation, c'était elle. La scène suivante, Olga voulut prouver qu'elle était plus douée que Danièle. Karen, elle, voulait prouver qu'elle était la meilleure actrice. Duvivier voulait prouver qu'un faux pas dans une carrière ne remettait pas en question son véritable talent d'acteur ; Dov voulait prouver à sa femme qui il était, un acteur, le meilleur pour la rendre fière de lui ; Hadrien voulait défendre son titre de jeune étalon, et John voulait montrer qu'il pouvait être époustouflant dans un autre registre. Comme un effet boule de neige, peu à peu, chaque scène devenait une compétition où était en jeu le titre de meilleur acteur ou actrice. En réalité, depuis un certain nombre d'années, ces acteurs ne travaillaient plus vraiment, ils se contentaient de fournir un talent syndical, et cela suffisait à ravir les réalisateurs et les spectateurs. Mais ce n'était plus ce qu'on leur demandait. Aujourd'hui, on exigeait d'eux qu'ils aillent au-delà de leurs limites, qu'ils se surpassent, qu'ils se surprennent, et tous redécouvraient le métier d'acteur avec un plaisir incroyable. Ici et maintenant, ils étaient de vrais professionnels. Plus Michel enchaînait les actions, plus il se félicitait d'avoir fait ce casting. Tout était pris en compte dans l'évaluation du talent d'acteur : la justesse du jeu, l'émotion communiquée, le ressenti général, la capacité à intégrer les remarques du réalisateur, mais également des données techniques comme le nombre de prises. L'ambiance était à l'émulation et non à la rivalité. Chacun s'encourageait, tout en espérant secrètement faire mieux. À la tombée de la nuit, Michel arrêta le tournage. Si le lendemain était du même cru, le film serait terminé à temps. À condition qu'Audrey daigne tourner. Mais Michel ne manquait pas de ressources et avait déjà un plan en cours d'élaboration à ce sujet…

■■■

François avait retrouvé un dynamisme incroyable. Il regardait ce spectacle prendre forme devant ses yeux, et pensait à ses enfants. Quoi qu'il arrive, il aurait fait quelque chose de sa vie, quelque chose de bien, et, pour la première fois, il se sentait vraiment fier de lui. François pensait à tout cela lorsqu'il vit John sortir des bungalows. Il décida de le suivre pour voir ce qu'il faisait. Normalement les comédiens devaient rester sur le plateau pendant les heures de tournage. François s'approcha et fut glacé par ce qu'il vit. John tenait à la main le téléphone portable de Karen. François se jeta littéralement sur lui pour le lui arracher. Mais John, voulant se protéger de l'attaque de François, lâcha le mobile qui vint s'éclater sur un rocher.

— Alors, c'était toi ?

— Non ! ce n'est pas moi ! Je viens de le trouver là-haut !

— Menteur !

François ramassa les morceaux de portable et tenta de reconstituer l'appareil, désormais définitivement hors service.

— Je te jure, François ! Enfin tu me connais, jamais je ne ferais une chose pareille ! Je ne suis pas comme ça ! Je veux dire, ce tournage, ça représente beaucoup, c'est une opportunité pour ma carrière, c'est important pour moi ! Même si j'avais eu ce portable, jamais je n'aurais pu nous trahir, ici, c'est comme une famille, tu comprends, je suis bien, je suis avec des gens qui croient en moi.

François était sceptique, mais John lui semblait sincère. Il émanait de lui quelque chose de pur, d'intègre, qui lui disait qu'il ne mentait pas.

— Et où tu l'as trouvé ?

John semblait gêné.

— Je ne peux pas le dire.

— Comment ça, tu ne peux pas le dire ?

— Je ne veux pas trahir quelqu'un, et puis de toute façon ça ne veut peut-être rien dire, n'importe qui pourrait l'avoir mis là !

Ce n'était pas faux. François lui demanda de n'en parler à personne pour l'instant. Un nouveau rebondissement dans cette affaire aurait pu nuire au bon déroulement du tournage, et puis François avait son idée sur la façon de mener les investigations. Plutôt que de remuer cet indice qui en fait n'en était pas un, il valait mieux faire comme si de rien n'était et étudier le comportement des comédiens. Le voleur ayant découvert qu'on avait volé son portable serait certainement plus nerveux que les autres. L'heure était donc à l'observation.

■■■

Toute la journée, Audrey était restée assise sur un tronc de cocotier, à regarder les autres tourner des scènes d'un film dont la destinée était entre ses mains. Cette sensation de toute-puissance la ravissait, d'autant plus qu'entre chaque prise, les acteurs essayaient de lui arracher une réponse positive. Audrey adorait les voir tantôt lui faire des courbettes, tantôt s'énerver, sachant qu'elle était la clé. Audrey aimait être le cœur du problème, c'était d'ailleurs la seule fois où l'on pouvait associer les termes « cœur » et « Audrey » dans une même phrase. Audrey avait toujours été une salope. Elle avait tant bien que mal réussi à dissimuler sa véritable nature le temps de réussir, mais aujourd'hui, grâce à son statut de star internationale, elle pouvait s'exprimer pleinement. Insulter la femme de ménage, les régisseurs, briser des couples, compromettre une amie, du petit caprice au complot d'envergure, Audrey saisissait toutes les opportunités car, comme elle le pensait souvent, « il n'y a pas de petite saloperie ». Bien sûr, les gens la jugeaient, ils jugent tout le monde, mais en même temps ils la craignaient, et de cela Audrey retirait une certaine fierté. Parfois, évidemment, elle souffrait de douloureux relents de conscience, mais cela ne durait jamais bien longtemps, et puis avec le temps elle s'y était habituée. Aussi sur son tronc de cocotier, Audrey, tel un iceberg, savourait le spectacle du *Titanic*.

Révélations

Michel pensa que l'aventure touchait à sa fin et eut un petit serrement au cœur. Au dîner, il regarda attentivement chacune des personnes à cette table, comme pour graver à jamais leur présence dans son esprit. Il savait qu'il ne reverrait probablement pas la plupart d'entre eux. Alors il avait besoin d'en profiter. Danièle et Olga discutant ensemble, comme deux bonnes copines, Bob et Lulu roucoulant en jeunes fiancés, Hadrien écoutant Dov parler de ses jumelles, Audrey réfléchissant à sa décision, Duvivier discutant joyeusement avec John, qui semblait nerveux. François lui parut inquiet, il dévisageait les autres un peu étrangement, Michel se dit qu'il ne devait pas être le seul à vouloir imprimer ce moment dans sa mémoire. Enfin, Michel posa les yeux sur Karen. Elle était radieuse. Elle l'avait tellement impressionné aujourd'hui, son jeu était impeccable, et Michel ne pouvait s'empêcher de l'aimer encore, mais il grimaça en l'imaginant dans les bras de John, qui ne prêtait pas la moindre attention à elle, ce goujat. À cet instant, Karen surprit le regard de

Michel, qui, comme pris la main dans le sac, changea immédiatement de direction. Karen ne comprenait pas pourquoi Michel ne lui adressait pratiquement plus la parole. Ce n'était pas le coup du portable, étant donné que Michel lui faisait déjà la tête. Karen fut prise d'une colère subite. Assez, assez de tête de cochon ! Peu importe ce que Michel lui reprochait, elle ne méritait pas d'être traitée ainsi. Tout allait bien pour lui, tout s'arrangeait, tout le monde le soutenait, et il continuait de lui faire la tête ? Non mais c'était n'importe quoi !

— Michel ! Je peux te parler une seconde ?

Karen avait dit cela sur un ton sec, et peu aimable. Elle se leva de table et s'éloigna vers la plage. Michel passa sa main sur ses lèvres. Qu'allait-elle lui dire ? Pourquoi avoir employé ce ton avec lui ? À l'évidence, ce n'était pas quelque chose de sympathique. Peut-être avait-elle remarqué qu'il était fou amoureux d'elle et lui demanderait-elle de la laisser tranquille, de la laisser vivre sa passion avec John. Michel en était à son trente-deuxième « peut-être » lorsqu'il arriva à la hauteur de Karen.

— Tu voulais me parler ?

Karen le regarda droit dans les yeux. Il faisait sombre, mais la lune était basse ce soir et éclairait juste assez la scène pour que Michel se sente confus.

— Qu'est-ce que je t'ai fait, Michel ?

Michel ne s'attendait pas à cette question. La réponse « Tu m'as ensorcelé, tu m'as séduit, charmé, renversé, je n'arrive plus à penser qu'à toi, je suis fou de toi, et tu en aimes un autre, voilà ce que tu m'as fait » lui traversa l'esprit, mais Michel se contenta d'un lâche :

— Comment ça ?

— Oh, arrête, tu sais très bien de quoi je parle !

En fait, Michel ne savait pas très bien de quoi il était question, mais sentait que ça ne devait pas être quelque chose de très enthousiasmant.

— Depuis quelques jours, tu me fuis, tu ne m'adresses pratiquement plus la parole, et quand tu me parles c'est pour m'envoyer balader ! Alors je ne sais pas ce que je t'ai fait, mais si c'est important au point que tu brises notre relation, tu dois me le dire, Michel, parce que je ne comprends pas. Dis-moi ce qui se passe, dis-le-moi.

C'était le moment. Michel avait les mains un peu moites et les jambes un peu molles. Pour se motiver, il se dit que quoi qu'il arrive, toute cette histoire serait terminée demain et qu'au pire il ne reverrait jamais Karen, même si cette idée lui semblait particulièrement atroce. Michel regarda la lune, la mer, le sable, et trouva que c'était un cadre idéal pour avouer son amour à la femme de sa vie. Alors Michel inspira profondément et voulut se lancer, mais aucun son ne sortit de sa gorge. Il n'arrivait plus à parler, Michel était comme paralysé. Cette fois, il était déterminé, il voulait parler à Karen, mais il ne pouvait pas, il n'y arrivait pas.

— Très bien, tu n'as rien à me dire, je m'en vais.

Karen semblait bouleversée. Elle ne comprenait pas la réaction de Michel, et d'ailleurs elle n'était même plus certaine de vouloir une explication. Tout ceci la dépassait. Elle passa devant Michel et commença à s'éloigner.

— Karen !

Michel venait de retrouver l'usage de la parole. Karen s'arrêta sans se retourner.

— Je suis un con. J'ai tout gâché, je m'en veux, si tu savais comme je m'en veux.

Karen esquissa un mouvement pour se retourner, mais Michel l'arrêta.

— Non, ne te retourne pas. Je ne suis pas certain d'avoir assez de courage pour te dire tout cela en face. Karen, je suis amoureux de toi. Depuis le premier jour, je suis tombé amoureux de toi, c'était comme une évidence, mais je n'ai jamais osé te l'avouer, parce que… parce que j'ai eu peur de te perdre, peur que tu ne m'aimes pas, pas assez, pas comme je voudrais que tu m'aimes, et que tu mettes fin à notre relation. Et même si c'était déchirant de n'être qu'un ami, je préférais être ton ami plutôt que de n'être rien du tout. Mais maintenant je n'arrive plus à cacher mes sentiments, je n'arrive plus à faire semblant, parce que je t'aime, et parce que je souffre trop de t'aimer, parce que chacun de tes sourires, chacun de tes gestes, chacune de tes paroles me tord le cœur. Karen, je voudrais te prendre dans mes bras quand tu es triste, je voudrais me réveiller à côté de toi le matin, je voudrais t'offrir les plus beaux rôles, je voudrais te voir sourire tout le temps parce que ton sourire c'est du bonheur Karen, je voudrais t'appeler mon amour, je voudrais te prendre la main dans la rue, je voudrais me balader avec toi partout dans le monde, pour que les gens sachent que l'on s'aime, je voudrais te murmurer des mots doux, je voudrais que l'on ait un enfant ensemble, un enfant qui nous ressemblerait, je voudrais… je voudrais que tu m'aimes, mais tu en aimes un autre, et je sais que je n'ai pas le droit de te dire tout cela, mais je m'en fous, parce que je t'aime et que je ne veux pas que tu sois avec un autre.

Karen n'avait pas bougé. Elle était toujours de dos, immobile. Michel se demandait ce que cela signifiait. Il n'osait rien ajouter. Il attendait, maintenant son sort était entre ses mains. Karen mit quelques secondes avant de réagir, quelques secondes qui semblèrent interminables à Michel. Enfin, elle se retourna. Son visage était plein de larmes. Elle s'avança doucement vers Michel puis, quand elle fut à sa hauteur, elle prit son visage entre ses mains et lui donna un baiser salé.

— Alors, tu m'aimes un peu ?

— Non, répondit-elle, je t'aime tout court.

▪▪▪

Le soleil se levait sur la dernière journée de tournage. Après le petit déjeuner, tous les acteurs s'étaient réunis autour d'Audrey, et attendaient avec impatience sa réponse. Audrey avait fait durer le suspense autant qu'elle avait pu. Elle s'était levée la dernière et avait pris tout son temps pour tartiner ses biscottes. Puis elle leur avait ordonné de tous se rassembler autour d'elle. Cette mise en scène exaspérait Danièle qui leva les yeux au ciel pour la deuxième fois de la matinée.

— Non mais regarde-moi tout ce chichi qu'elle nous fait, c'est incroyable !

— Elle est pire que toi, dis donc !

Olga balaya la remarque d'un mouvement de tête, et se concentra sur l'oracle.

Audrey s'éclaircit la gorge.

— Bien, vous savez tous pourquoi nous sommes ici réunis, vous m'avez soumis une requête, que j'ai…

— Bon, c'est oui ou c'est non ? On va pas y passer la matinée !

Hadrien n'avait pu résister à l'envie de briser cet élan dramatique. Audrey, sans le regarder, marqua une pause et reprit là où elle s'était arrêtée.

— Une requête que j'ai examinée avec le plus grand intérêt. Et ma réponse est…

Audrey agaçait tout le monde, mais chacun prenait sur soi. C'était sa façon à elle de se faire désirer. Tout le monde savait qu'Audrey dirait oui, mais chacun était faussement suspendu à ses lèvres pour lui donner l'impression qu'elle dominait la situation. Bien entendu, tout ce qu'elle leur faisait subir ici et maintenant, ils le lui rendraient en temps voulu. Mais pour l'heure, on s'appliquait à retenir son souffle.

— Non.

Consternation.

— Non ?

Danièle n'en revenait pas. Quel culot ! Nous avoir fait tout ce cirque, et refuser. Danièle jeta un rapide coup d'œil aux autres. Personne ne s'attendait à ce coup de théâtre, mais personne ne réagissait, ils étaient tous comme paralysés par le choc. Soudain, Karen bondit et se jeta sur Audrey, l'attrapant au cou puis par les cheveux.

— Je vais te tueeeer ! Salope ! Je vais t'éclater ta sale gueule de connasse de merde ! Sale pute !

Audrey se défendit du mieux qu'elle put mais il fallait se rendre à l'évidence, Karen avait largement le dessus. Dov s'avança pour les séparer, mais Olga l'arrêta d'un geste, captivée par le spectacle.

— C'est un combat à la loyale.

Dov écarta le bras d'Olga et alla séparer les deux femmes, avec l'aide de John et de Duvivier.

■■■

— Ce n'est pas trop froid ?

Karen grimaça.

— Ça va...

— Mais enfin, qu'est-ce qui t'a pris de lui sauter dessus comme ça ?

Karen ne répondit pas. Qu'est-ce qui lui avait pris ? Il lui avait pris que cette sale conne était en train de lui annoncer qu'elle lui niquait en direct son seul véritable espoir de devenir actrice, voilà ce qui lui avait pris. Et maintenant, elle n'était pas plus avancée. Audrey refusait de tourner, le film n'aboutirait jamais, et en plus elle avait un œil au beurre noir. Vraiment, elle pouvait être fière d'elle.

— Mais qu'est-ce qui t'a pris de lui sauter dessus ?

Michel venait d'entrer dans la loge maquillage. Lulu leur jeta un regard complice et s'éclipsa. Karen commençait à en avoir assez que tout le monde lui pose la même question. Michel s'assit à côté de Karen et la prit dans ses bras. Ce soudain élan d'affection embua les yeux sombres de la jeune femme. Elle se blottit contre l'épaule de Michel et ferma les paupières. Contre lui, elle se sentait bien, protégée, comme si plus rien ne pouvait l'atteindre. Elle aurait voulu que cette sensation dure éternellement, mais François entra dans la loge à grand fracas.

— Alors la catcheuse, la forme ?

Karen sourit faiblement. François rouvrit la porte, jeta un coup d'œil à l'extérieur, la referma avec précaution, puis revint vers eux avec son air de conspirateur des grands jours.

— Vous allez m'adorer, j'ai un plan en béton…

Karen et Michel se regardèrent.

▪▪▪

Audrey tentait de prendre un air détaché, mais il lui était difficile d'éviter tant de regards accusateurs. Pourtant, ce n'était pas elle qui s'était jetée sur Karen, elle ne comprenait pas pourquoi les autres semblaient si véhéments à son encontre. Un fort sentiment d'injustice l'envahit. Dès qu'elle serait de retour à Paris, elle porterait plainte contre Karen, et contre les autres aussi, pour non-assistance à personne en danger. Elle donnerait des interviews et raconterait son calvaire, comment elle avait été battue et privée de tout durant des semaines.

— Est-ce que tu veux un peu de vin, Audrey ?

François l'interrompit dans sa tournée promotionnelle. Depuis le début du repas, Michel et lui étaient adorables avec elle, ce qui la faisait jubiler intérieurement, car elle savait bien qu'elle ne changerait pas d'avis. Et pourquoi seraient-ils aussi attentionnés si ce n'était dans l'espoir de la faire changer d'avis ? Ah, qu'ils pouvaient être cons ! Enfin, cela ne l'empêcherait pas d'en profiter, de les faire espérer, jusqu'au dernier moment...

— Volontiers, François.

François remplit le verre d'Audrey. Michel lui resservit de la salade de fruits. Audrey se goinfra autant qu'elle put. C'était incroyable, les autres n'avaient droit à aucune portion supplémentaire, et elle, elle qui foutait leur projet en l'air, était traitée comme une princesse. Même Audrey n'en revenait pas. Si elle n'avait pas été aussi méchante, elle aurait probablement changé d'avis devant tant d'efforts et d'attentions, mais la nature l'avait ainsi faite qu'elle ne lâcherait rien.

Après un si bon repas, Audrey annonça qu'elle allait faire une petite sieste digestive, ce qui eut pour effet de soulever des mouvements de protestation, mais François reprit la barre et calma le jeu, tandis que Michel se proposait pour escorter Audrey jusqu'à sa chambre. Audrey lança un regard de défi à Karen, et sourit à Michel.

— Vous êtes vraiment un amour, Michel, avec plaisir.

Karen fit un effort surhumain pour ne pas insulter Audrey, et les regarda partir.

Audrey passa la main autour de l'épaule de Michel, puis s'accrocha littéralement à lui avant de s'affaler complètement, inerte. Le reste de l'équipe, qui observait la scène de loin, se demanda ce qui se passait, et François les rassura immédiatement.

— Ne vous inquiétez pas, elle est seulement endormie, il nous restait un peu de somnifère de vos enlèvements, et nous avons décidé de le mettre à profit. Bien, puisque tout le monde a fini de déjeuner, on pourrait peut-être passer aux scènes avec Audrey !

— Mais elle est assommée, comment va-t-elle jouer ?

— Oh, ne vous en faites pas pour ça Hadrien, on a légèrement modifié le scénario...

Un sourire énigmatique, qui intrigua tout le monde, se dessina sur les lèvres de François.

— Hop, hop, hop, au travail les amis ! John, voici la nouvelle scène avec Audrey.

John lut en vitesse les deux pages qu'on lui tendait et laissa échapper un « *That rocks !!!* » des plus sincères.

▮▮▮

Audrey était allongée au milieu du plateau, et Lulu achevait de la maquiller.

— Tu ne touches pas à son coquard, Lucienne, hein ?

— Non, François, pour la troisième fois, je ne touche pas à son coquard ! Ohhh, comme si je ne savais pas faire mon travail !

À ces mots, Olga fit une petite moue, mais la situation était tellement trépidante qu'elle ne voulut pas la gâcher par une remarque, et se contenta de se recoiffer furtivement.

— Voilà, c'est fini !

Lulu s'écarta et dévoila son travail : Audrey gisait par terre, couverte de faux coups et de faux sang. John se plaça au-dessus du corps d'Audrey, un morceau de bois ensanglanté à la main. Le reste de l'équipe évacua le plateau et Michel lança l'action.

Là-dessus, John frappa trois grands coups de bâton dans le sable, juste sur la marque tracée auparavant par Robert, afin qu'à la caméra, on le voit éclater la tête d'Audrey.

À peine le « coupez » était-il prononcé que des applaudissements retentirent. John était vraiment content de son travail. Il avait été un peu déçu lorsque Michel était revenu sur sa décision de changer ses scènes avec Karen, mais du coup, avec cette séquence, il reprenait goût au cinéma.

On rangea Audrey dans un coin, sous un tronc de cocotier, et tout le monde oublia sa présence si bien qu'à chaque passage elle était éclaboussée d'un peu de sable. Michel était vraiment satisfait des prises, du travail de chacun. Danièle, Olga et Duvivier étaient en pleine action d'une des dernières scènes à tourner lorsqu'un bruit d'hélicoptère se fit entendre. Ce bruit avait quelque chose d'étrange, à la fois il était synonyme de libération et en même temps il symbolisait la fin d'une aventure extraordinaire. L'équipe était partagée entre soulagement et déception. Très rapidement, trois hélicoptères apparurent et cernèrent l'île. De l'un d'entre eux s'éleva une voix mégaphonée :

— Ici les forces spéciales françaises, vous êtes cernés, rendez-vous !

Ce à quoi Lulu répondit en hurlant de toutes ses forces :

— TA GUEULE, ON TOURNE !

Mais tout le monde savait que c'était fini.

Karen se jeta dans les bras de Michel, et ils s'embrassèrent comme si c'était la dernière fois. La scène avait quelque chose d'ironiquement hollywoodien.

Les hélicos atterrirent dans une tempête de sable blanc, et rapidement l'équipe fut arrêtée. Le chef de la police se dirigea vers John et lui serra la main.

— Sans votre aide, monsieur, nous ne vous aurions jamais localisés.

François regarda John incrédule.

— Toi ? Mais, mais…

John, très décontracté, lui répondit avec évidence.

— *Come on*… Je suis un acteur !

Troisième Partie

Postproduction

Au suivant !

Michel était tendu pour ce premier parloir. Autour, des types tatoués le regardaient d'un drôle d'œil. Certains, comme Michel, semblaient avoir atterri ici par hasard, mais la plupart étaient des habitués qui se sentaient comme chez eux. On trouvait de tout, des femmes, plus ou moins chics, des enfants, plus ou moins grands, des parents, plus ou moins résolus, des types encore plus louches que ceux qui étaient emprisonnés. Michel trouvait la situation surréaliste. À ses côtés, François lui semblait étonnamment à l'aise. L'homme s'approcha. Il devait avoir la petite cinquantaine, un costume sombre, très élégant, peut-être dessiné par Carlos. Michel en avait déjà vu dans le même genre. Il les avait repérés en magasin et était revenu pendant les soldes de Noël, mais même à moitié prix, ce genre de vêtements lui était inaccessible. Soit il mangeait à sa faim, soit il était classe. L'homme se présenta, il s'appelait Philippe quelque chose, Michel n'osa pas lui faire répéter son nom, d'autant plus que François avait déjà pris les commandes de la conversation. Philippe sortit de sa sacoche en cuir véritable une pochette plastique noire tout à fait ordinaire, mais qui plongée dans ce contexte luxueux produisit son petit effet. François examina rapidement les feuillets et posa quelques questions rapides à Philippe, qui tripotait nerveusement son alliance. Michel arrêta son regard sur ce détail. S'il avait été psychologue, il en aurait sûrement tiré des conclusions dramatiques. Cet homme en proie à un questionnement affectif a contracté un engagement qu'il regrette certainement, mais n'ose pas se l'avouer. Son inconscient déborde sur son moi conscient en période de stress, il n'arrive plus à contrôler son ressenti primaire et cette manifestation physique, ce trouble obsessionnel, n'est que la représentation consciente d'un mécanisme d'introspection refoulé. Mais Michel n'était pas psy, et ce geste lui fit simplement penser à Karen. Lorsque l'homme remarqua le regard de Michel, il délaissa son alliance et se reconcentra sur la discussion. Michel était totalement passif, non pas que cela ne l'intéresse pas, bien au contraire, il s'agissait de son avenir, mais il préférait laisser François gérer la situation.

— Pas de questions, Michel ?

Michel se reconnecta au présent.

— Heu… non, non.

— Bien. Dans ce cas, nous gardons le dossier et nous reviendrons vers vous. Suivant !

L'homme fit un sourire poli, comme s'il voulait rester sur une bonne impression, quelque chose de sympathique, puis il suivit le gardien et disparut pour céder sa place à un autre distributeur. Un mec de chez Disney cette fois. Qui eût cru que Disney serait intéressé par leur film ? Personne. D'ailleurs personne n'avait parié sur eux. Mais maintenant, les choses étaient différentes, maintenant, c'étaient eux qui avaient les cartes en main, et la valse des prétendants ne faisait que commencer. François avait ce léger rictus au coin des lèvres qui voulait dire : je suis content. Il aurait fait un très mauvais joueur de poker. Un à un, les types les plus importants des plus grosses sociétés de distribution venaient faire la cour à François, qui se grisait de tant de dossiers à étudier. Les choses s'étaient inversées, on l'avait balancé par la fenêtre, il revenait par la grande porte. Quel triomphe ! La sonnerie qui annonçait la fin des visites retentit, on ramena Michel et François en cellule. Grâce à la médiatisation de leur affaire, ils étaient logés dans le quartier VIP. François avait pris beaucoup de contacts parmi ses voisins politiciens et hommes d'affaires. Finalement, cela ressemblait à un mini-La Défense. Michel s'allongea sur son lit et alluma la télé.

∎∎∎

Journal de 20 heures

« Mesdames, messieurs, bonsoir. Les bandes vidéo du film réalisé par Michel Motown lors du kidnapping extraordinaire de sept stars du cinéma sont toujours sous scellés. Le juge d'instruction refuse toute divulgation de ces pièces à conviction avant que l'enquête n'ait été menée à son terme. Que recèlent ces mystérieuses bandes? Combien de temps devrons-nous attendre pour pouvoir visionner leur contenu ? »

Selon un sondage Ipsos, 84 % des Français seraient disposés à acheter une place de cinéma pour visionner ce fameux film.

∎∎∎

Rosemary éteignit la télévision d'un bref coup de télécommande et composa le numéro de son poulain chéri.

— Johnnie, mon lapin, comment vas-tu? Tu as bien reçu mon petit colis?

À l'autre bout de la ligne, John était allongé sous une call-girl aux mensurations artificielles qui lui mordillait le lobe de l'oreille tout en lui caressant l'entrejambe. John s'employa à arracher le petit triangle de tissu qui habillait encore la blonde et émit un frisson de plaisir.

— Tout à fait, je suis en train de le déballer si tu veux tout savoir…

— J'en suis ravie, mais garde les détails pour toi, mon chou. Je t'appelle au sujet de cette ri-di-cule affaire d'enlèvement.

Le cadeau gémit, et Rosemary dut éloigner le combiné de son oreille. Elle sentit qu'il fallait faire vite si elle voulait profiter des derniers moments d'attention de John.

— Tu dois retirer ta plainte, John.

— Pourquoi ? Ils m'ont enlevé, après tout, je ne vais pas leur faire cadeau d'un paquet de pognon !

— Qui te parle de leur faire cadeau du fric, Johnnie ? Non, c'est juste qu'il faut profiter de cet engouement médiatique pour s'inscrire dans la vague. Si le film sort maintenant, pense un peu au nombre d'entrées, pense aux recettes, et surtout pense au pourcentage sur recettes que ton merveilleux et incroyablement diabolique agent va réussir à négocier pour toi !

À ces mots, John sentit son érection se confirmer.

— Mais de toute façon, c'est la juge qui a la vidéo et elle ne veut pas… ahhh… aaaahh…

Rosemary ne l'avait pas choisie par hasard, cette fille était la plus sensuelle du catalogue, et, selon ce qu'elle entendait, on ne l'avait pas trompée sur la marchandise.

— Il faut que tu retires ta plainte, John. Retire ta plainte, et les bandes seront libérées ! John ? John !

— Oui, oui, je retire ma plainte ! Je retiii…

Il a raccroché ! Rosemary soupira, il avait fallu mettre le paquet, mais elle y était arrivée. Sans attendre un instant, elle appela le bureau du procureur et retira la plainte de John. Heureusement qu'elle lui avait fait signer une procuration en début d'année. A priori, elle n'avait pas été la seule à avoir cette idée, elle était la troisième personne à retirer sa plainte aujourd'hui selon ce que lui affirma une secrétaire un peu trop bavarde en échange d'une photo dédicacée de John.

■■■

Danièle se rendit au commissariat dès le lendemain matin et, s'inscrivant dans la vague, retira elle aussi sa plainte. En sortant, une foule de journalistes avertis l'attendait. Danièle avait elle-même envoyé un mail anonyme quelques heures plus tôt pour lancer une rumeur sur sa venue au poste. Elle portait un imperméable beige Burberry et des chaussures vernies Louboutin. Elle avait son fameux chignon banane faussement négligé, et ses lunettes de soleil Chanel malgré le temps orageux. Elle mima la surprise et retourna dans le commissariat. C'était la procédure lorsque l'on voulait attirer l'attention de la presse : feindre la discrétion. Danièle attendit quelques secondes, le temps que les paparazzi chargent leurs flashes, et elle réapparut plus discrète que jamais, masquant très maladroitement son visage de sa main manucurée. Lentement, elle fendit la foule et s'arrêta devant un journaliste de *Paris Match* dont elle savait qu'il lui poserait les questions attendues.

— Danièle, êtes-vous, comme les rumeurs le prétendent, venue retirer votre plainte ?

Le silence se fit. Chaque journaliste tendait le bras à s'en décrocher l'épaule pour approcher un peu plus son micro.

— Eh bien, oui, Jean-Marc, on ne peut rien vous cacher !

— Mais Danièle, n'avez-vous pourtant pas été kidnappée comme les six autres acteurs ?

Danièle feignit l'embarras. Elle avait travaillé cette expression juste avant de partir.

— Vous savez, il s'agit d'une affaire particulière où sont en jeu bien plus que nos propres intérêts, et je n'ai pas hésité une seconde à faire une croix sur des dommages et intérêts pour laisser librement s'exprimer le septième art. Condamner un véritable artiste comme Michel, peu importe ses torts, n'est pas dans ma mentalité.

Danièle s'avança vers sa voiture, juste assez lentement pour que Jean-Marc ait le loisir de lui poser la dernière question, la plus importante selon elle, celle qu'elle avait mise en gras italique en post-scriptum dans son mail anonyme.

— Danièle, une dernière question !

Danièle fit volte-face au dernier moment, alors qu'elle avait déjà un pied dans la berline.

— Oui, Jean-Marc, parce que c'est vous.

— Est-il vrai que vous allez tourner dans le prochain Almodóvar aux côtés de Penelope Cruz ?

Danièle dut mobiliser toute son énergie pour retenir son sourire.

— D'où tenez-vous vos informations, mon cher Jean-Marc ? En effet, Pedro m'a demandé d'y tenir le rôle principal… Je ne peux encore rien dévoiler du scénario, mais c'est un très beau rôle, très fort, celui d'une mère qui prend pour amant le compagnon de son fils. Oh ! Mais j'en ai déjà trop dit ! Vous êtes incorrigible, Jean-Marc !

∎∎∎

— La salope ! Mais quelle salope ! Je le crois pas, la salope !

Olga avait la main crispée sur la télécommande. Elle se leva d'un bond et fit les cent pas dans la pièce. Olga fulminait dans son peignoir de soie japonais rose et ocre. Elle décrocha son téléphone et appela Danièle, qui eut un petit sourire lorsqu'elle vit la photo d'Olga s'afficher sur son mobile.

— Olga ? Comment vas-tu ma chérie ?

— Tu te fous de moi ?

— Ah ! Donc tu as vu mon interview… Écoute, Jean-Marc m'a prise au dépourvu, je n'ai…

Olga la coupa sèchement, elle n'avait pas envie d'entendre Danièle lui raconter sa vie. Elle voulait juste savoir si… En fait, Olga savait déjà mais elle avait besoin d'en avoir la confirmation.

— Tu m'avais dit que tu arrêtais le cinéma, espèce de salope !

— Mais enfin Olga, calme-toi ma chérie !

— Et ne m'appelle pas ma chérie, salope !

— Bon écoute, Olga, ça suffit ! Je voulais arrêter, je ne t'ai pas menti, mais qu'est-ce que tu veux, regarde-moi, ce tournage m'a fait le plus grand bien ! J'ai une pêche d'enfer, je suis bronzée comme un abricot, j'ai rajeuni de dix ans, et… je n'y peux rien si mon public me réclame ! Pedro m'a appelée, et il a tellement insisté pour que je fasse son prochain film, écoute, tu connais Pedro ! Ah non, c'est vrai, tu ne le connais pas… Eh bien, c'est un type qui a une telle force de conviction qu'on ne peut vraiment pas… Olga ? Allô ? Olga !

Olga avait raccroché depuis « mon public me réclame ». Elle avait eu confirmation de ce qu'elle pressentait. Danièle l'avait trahie, elle, sa meilleure amie ! Olga encaissa, elle en avait vu d'autres. Mais puisque c'était la guerre qu'elle voulait, Danièle aurait la guerre. Olga se posa un instant sur le sofa pour réfléchir aussi posément que possible à la situation. Soudain, elle se précipita dans sa chambre et fouilla dans ses sacs. Olga mit son dressing sens dessus dessous, mais elle n'était pas là. Où avait-elle bien pu la ranger ? Olga essaya de se concentrer, mais finit par vider tous les tiroirs de son appartement. Plantée au milieu de cette marée de papiers, Olga désespérait de la retrouver lorsque soudain, elle l'aperçut sous un scénario. Elle enjamba les dossiers éparpillés par terre et attrapa l'enveloppe kraft tachée d'encre bleue. Elle jeta un coup d'œil à l'intérieur sans extraire le contenu, comme si quelqu'un l'observait, puis serra l'enveloppe contre elle et laissa un léger sourire de satisfaction se dessiner sur ses lèvres.

▪▪▪

D'habitude, lorsque Karen recevait un appel provenant d'un numéro inconnu, elle ne décrochait pas. Mais cette fois, elle fit une exception.

— Allô ?

— Bonjour, vous êtes Karen ?

— Heu… ça dépend, qui la demande ?

— Je m'appelle Rosemary, je suis agent artistique, et j'aimerais vous parler d'un projet pour lequel j'ai pensé à vous. Vous avez quelques minutes à m'accorder ?

Karen avait les jambes un peu molles et essayait de contrôler le tremblement de sa voix pour donner l'impression d'une fille sûre d'elle.

— Bien sûr, je vous écoute.

— Voilà, c'est un projet ambitieux pour lequel le réalisateur recherche une fille dans l'esprit d'Asia Argento, ou un peu dans le style d'Uma Thurman dans *Pulp Fiction*...

— Oh ! Alors là, je vous arrête tout de suite, on me la fera pas deux fois ! Si c'est pour Donut Fiction, c'est hors de question parce que c'est pas du tout mon créneau, en plus leurs shorts ils sont fabriqués en Chine ou je sais pas où, mais je me suis tapé des rougeurs sur les cuisses pendant deux semaines, alors merci !

— Écoutez, Karen, je crois qu'il y a un malentendu... J'ignore de quoi vous parlez, mais moi je suis en train de vous parler de *The Gun Show*, le prochain film de Quentin Tarantino, mais il est possible que ça ne vous intéresse pas et dans ce cas je...

— Attendez, attendez ! Quand vous dites Quentin Tarantino, vous voulez dire Quentin Tarantino ?

Karen entendit Rosemary rire à l'autre bout du combiné.

— Eh bien, je n'en connais qu'un ! Écoutez, John, qui y tient le rôle principal, a suggéré votre nom. Comme je sais que Quentin cherchait depuis quelques mois mais qu'il n'a pas encore trouvé la perle rare, je me suis dit que je pourrais toujours arranger un rendez-vous... à moins bien sûr que votre agent ne s'en soit déjà occupé...

— Non, non, je… je suis complètement absolument disponible pour un rendez-vous !

— Parfait ! Dans ce cas, je vais voir avec Quentin et je vous recontacte dans la semaine. À très bientôt, Karen !

— Merci, oui, à bientôt Rosemary.

Si Karen n'avait pas déjà été assise, elle se serait assise. Quentin Tarantino, bordel ! Karen poussa un hurlement, et se tortilla dans tous les sens pour laisser déborder sa joie. Puis elle composa le numéro de son agent et lui annonça la grande nouvelle. Mais contrairement à ce qu'elle attendait, Jacqueline n'afficha pas le même entrain que sa jeune comédienne.

— Écoute, mon coco, tu sais, ce métier, c'est plein de requins. Crois-moi, je serais toi, je commencerais pas par un truc américain, c'est dangereux pour ta carrière, tu prends des risques inutiles en faisant un truc comme ça. Je serais toi, mon chou, je ferais quelque chose de plus solide, pour faire monter la mayonnaise doucement mais sûrement. Ce genre d'agent, je connais, ils n'en ont rien à faire de toi, ils ne voient pas ton intérêt à long terme ! Tiens, c'est marrant que tu m'appelles parce que justement j'ai parlé de toi à une fille super, qui te verrait bien dans un rôle pas facile, c'est un petit rôle mais très intéressant, c'est une prostituée russe qui fait le trottoir et qui se penche sur une voiture et attends, elle m'a envoyé le texte, que je le retrouve… Voilà ! « C'est vingt euros la totale, chéri. » Y a qu'une seule phrase, mais tu dois faire passer toute la détresse de la fille qui a quitté son pays et qui veut malgré tout garder sa fierté, tu vois, c'est vachement intéressant pour toi, je pense…

— Jacqueline ?

— Oui, mon coco ?

— Je ne veux plus que tu sois mon agent.

— Quoi ?

— Je ne veux plus que tu sois mon agent, je pars, je vais changer d'agent.

Le silence qui suivit mit Karen mal à l'aise. Quitter Jacqueline, c'était tourner une page, passer à quelque chose d'autre, de mieux, autant qu'elle s'en doutait. Mais si, dans l'idée, elle était parfaitement sûre de sa décision, en pratique, Karen avait du mal à tirer un trait sur celle aux côtés de qui elle avait commencé sa carrière, si tant est qu'elle ait jamais commencé quoi que ce soit aux côtés de Jacqueline.

— Tu me fais ça à moi, après tout ce que j'ai fait pour toi ?

— Je suis désolée, Jacqueline, mais ma décision est prise.

— Bien ! C'est comme tu veux, mais faudra pas venir pleurer à ma porte mon coco, parce que des petites comédiennes comme toi qui voudraient m'avoir comme agent, y en a des tas ! Des tas !

— Je n'en doute pas, Jacqueline, et je…

Jacqueline lui raccrocha au nez.

— … te souhaite bonne chance à toi aussi.

Karen se sentait soulagée, et surtout plus libre que jamais. Libre de tracer sa route, et de pouvoir enfin montrer ce qu'elle valait.

■■■

Juste avant d'entrer dans la salle, Hadrien embrassa fougueusement Bikini.

— Ça ne prendra que quelques minutes, on commence à être habitué maintenant ! plaisanta un policier.

La porte s'ouvrit et, à la surprise générale, Audrey apparut dans l'encadrement.

— Merci, monsieur le commissaire !

Hadrien se raidit, il ne voulait pas laisser Bikini seule avec Audrey, Dieu sait ce que celle-ci pourrait lui raconter sur eux. Mais le commissaire l'invita à entrer, et il ne put trouver d'explication valable pour refuser. Il donna un dernier baiser à Bikini en jetant un regard noir à Audrey, puis pénétra dans le bureau.

— Bikini, comment vas-tu ?

— Bien et toi ? Tu as retiré ta plainte, toi aussi ?

Bikini n'avait pas envie de céder à la jalousie. Elle avait décidé d'être aimable, et de se limiter aux banalités d'usage.

— Eh bien, oui, comme tout le monde, on dirait ! Quel plaisir de te voir ! C'est bien que tu aies pardonné à Hadrien, de toi à moi, ce n'était qu'une aventure de tournage, c'était torride mais ça n'aurait pas marché entre nous ! Je suis contente que tu l'aies repris, c'est un garçon adorable !

Bikini resta immobile un instant, comme suspendue dans le temps, à tel point qu'Audrey se demanda si elle avait entendu ce qu'elle lui avait dit.

Bikini songeait à toute cette jalousie qu'elle avait refoulée depuis le retour d'Hadrien pour sauver leur couple, se persuadant qu'elle était paranoïaque, qu'Hadrien l'aimait et qu'elle devait apprendre à contrôler ses pulsions. Tout cela venait d'être balayé par cette sale pute, et comme un bouchon de champagne sous pression, Bikini attrapa Audrey à la gorge et serra de toutes ses forces. Audrey fut prise de court, mais très vite elle se mit à griffer le visage de son agresseur, s'ensuivit un combat à mains nues, le second pour Audrey ce mois-ci, dans lequel tous les coups étaient permis. Les journalistes, venus couvrir les retraits de plainte, encourageaient les deux combattantes qui se tiraient les cheveux de toutes leurs forces en s'insultant allègrement. Deux policiers finirent par séparer les deux femmes sous les crépitements des paparazzi.

Quelques minutes plus tard, Hadrien ressortit du bureau et s'angoissa de ne pas voir Bikini. Un agent confirma ses craintes et, quelques heures plus tard, il eut droit à la plus intense crise de jalousie qu'il ait jamais connue, suivie de la plus intense partie de *savage sex* qu'il ait jamais vécue.

▪▪▪

Danièle s'empressa ce matin-là d'aller chercher son *Gala* dans la boîte aux lettres. Elle avait hâte de voir les photos du combat entre Bikini et Audrey. Aussi enfila-t-elle son imper et descendit-elle avec enthousiasme les cinq étages qui la séparaient de la une. Elle tourna la clé avec empressement, mais rien. Le facteur n'était pas encore passé. Elle décida de l'attendre de pied ferme. Quelques minutes plus tard, un employé des postes entra dans le hall de l'immeuble. Danièle trépignait. Il faut dire que les ragots sont d'autant plus croustillants lorsque l'on connaît ceux qui en font les frais. Le facteur donna son courrier à Danièle, avec un petit sourire compatissant qu'elle ne remarqua même pas. Elle lui envoya un merci alors qu'elle entrait déjà dans l'ascenseur. Elle extirpa le magazine du tas de courrier qu'on lui avait remis, et lâcha le tout lorsqu'elle découvrit la une. Ce n'était pas Bikini, ni Audrey, c'était elle, là, en pleine page, écroulée dans sa salle de bains, entre vomi et excréments. En gros titre : « Danièle, nouvelle égérie d'Almodóvar ». Danièle rentra chez elle et se précipita directement sur le frigo, elle avait besoin de sucre, de sucre en grande quantité. Une fois avalés les macarons qu'elle gardait toujours en cas de crise, Danièle trouva la force d'ouvrir le magazine. Au centre, une double page de cette même photo, plus quelques paragraphes sur sa vie, l'avis d'un psychologue mondain et, enfin, une interview d'Olga, qui en substance disait que Danièle avait rencontré beaucoup de difficultés dans sa vie personnelle et professionnelle, qu'elle était instable depuis quelques années, et qu'elle ne voulait pas le reconnaître, ni accepter l'aide de son amie Olga, mais qu'aujourd'hui ses problèmes ne pouvaient plus être cachés au public.

Finalement, rien n'avait changé, se dit Danièle, elle était de retour à Paris, et Paris était de retour, pour le meilleur et pour le pire.

■■■

À midi, Michel et François furent relâchés. Une foule spectaculaire les attendait à leur sortie. Toute la presse était là, chaque chaîne de télé avait envoyé une voiture au cas où ils accepteraient le 13 heures. Michel était un peu déstabilisé par toute cette agitation frénétique autour de lui. Il avait envie de prendre un bon bain chaud avec Karen, et de s'endormir dans ses bras. Michel jeta un œil à François, qui paradait littéralement, signant çà et là quelques autographes inattendus à des admirateurs sans fondement. Michel se demanda pourquoi les gens leur manifestaient tant d'intérêt. Après tout, ils n'avaient pas encore vu son travail, et ce succès prématuré, anticipé même, gênait sa conscience artistique. Le public l'aimerait-il pour son travail ou son exposition médiatique démesurée ? François ne pouvait pas avoir le même ressenti puisque son travail était justement de rentabiliser financièrement un effort artistique qu'il n'avait pas fourni – peu importe l'émission, pourvu qu'on ait la presse. François monta dans une des voitures de production tandis que Michel, prétextant une grande fatigue, prit un taxi pour rentrer chez lui. Sur le trajet, un sentiment qu'il n'avait encore jamais vraiment éprouvé, ou du moins pas avec une telle sincérité, le traversa : la peur. La peur de ne pas être à la hauteur, la peur de décevoir, la peur de ne pas plaire, la peur, enfin, d'avoir fini de rêver. L'angoisse envahit Michel lorsqu'il vit la horde de journalistes venus l'attendre devant chez lui. Il demanda au chauffeur de le déposer chez la seule personne qui pourrait le comprendre. Karen lui ouvrit en sous-vêtements, hauts talons, bigoudis et cigarette, un texte en anglais à la main. Elle ne s'attendait pas à le voir, et se jeta à son cou en l'embrassant fougueusement.

— AAAAAAAAHHHHH !!! Mon lapin ! Mais je croyais que tu étais encore en prison ! Tu aurais pu m'appeler !

— Ils nous ont relâchés ce matin, c'était... une surprise.

— Ça n'a pas l'air d'aller... Qu'est-ce qui se passe ?

Michel avait envie de tout lui raconter, ses peurs, ses doutes, son incertitude, mais en regardant Karen lui sourire, il réalisa qu'il devait avoir confiance en lui parce qu'elle, elle avait confiance en lui. Sans ajouter que sa petite tenue sexy ne lui donnait pas envie de discuter... Michel attrapa Karen par les hanches et l'embrassa ardemment. Karen fit voler la scène de Tarantino en riant, et croisa ses jambes autour de Michel, qui trouvait cette position d'un insoutenable érotisme. Des vêtements volèrent à travers la pièce, puis l'atmosphère se fit plus calme, plus intime, les baisers plus sérieux, l'amour.

six mois plus tard…

Affaires, amour et confusion

Dov s'accouda au plateau à instruments derrière lui. Toute l'attention était concentrée sur l'entrejambe de sa femme. Dov voulait être là pour Fiona, l'encourager, la soutenir, aussi à chaque « POUSSEZ ! » répétait-il un « Poussez ! » un peu plus faible, jusqu'à ce que son « poussez » soit totalement absorbé par son angoisse. Dov cligna des yeux juste avant de recevoir une giclée de sang qui l'acheva. Il s'effondra lourdement sur le sol stérilisé, emportant avec lui un plateau d'instruments dans un fracas métallique. Les infirmières l'évacuèrent et, lorsqu'il se réveilla, il occupait le lit voisin de celui de Fiona. On lui tendit l'une de ses filles, Dov la prit dans ses bras et se sentit le plus heureux des hommes. Il détailla cette petite personne avec une incrédulité attendrissante.

— Bonjour, toi ! Je suis ton papa… PA-PA !

■■■

— Maman !

— Maman !

— Bonjour, mes amours !

Les deux filles s'engouffrèrent dans l'appartement et disparurent dans leurs chambres, laissant apparaître leur père sur le pas de la porte. Beth était vraiment ravissante. Elle s'était fait une petite frange qui la rajeunissait de dix ans, et portait une petite robe très smart, à son image. François ne put s'empêcher de lui faire le compliment.

— Tu es ravissante, vraiment.

Pour toute réponse, Beth esquissa un sourire.

— Tu entres un instant ?

François hésita. Il savait exactement pourquoi Beth était ravissante et pourquoi elle lui demandait d'entrer un instant. Mais il avait trop envie de savourer ce qui se produirait s'il franchissait cette porte.

— Juste un instant alors.

Beth leur servit un verre de scotch et s'assit à ses côtés.

— Alors c'est ce soir, le « grand soir » ?

— Il semblerait.

Beth avala son alcool d'un trait tandis que François faisait tournoyer la liqueur dans son verre. Elle semblait anxieuse et, s'il ne la connaissait pas si bien, François aurait pu être attendri par sa maladresse.

— Tu sais, François, j'ai beaucoup réfléchi, ces derniers temps… à toi, à moi, aux filles, enfin, à nous…

François savait où elle voulait en venir, mais ne voulait pas l'aider à y arriver, non, c'eût été trop facile. Alors il l'écoutait, attentivement.

— Je… c'est difficile à dire… je ne sais pas comment… tu me manques, François.

Beth cherchait à se raccrocher à un signe, une expression de son ex-mari, qui l'aurait encouragée, mais ni le visage ni l'attitude de François ne trahissaient son ressenti. De toute façon il était trop tard pour reculer, autant aller jusqu'au bout. Beth s'approcha, et mit sa main sur celle de François. Là encore, aucune réaction. Alors Beth continua.

— Je t'aime, François, notre couple a eu un moment de faiblesse, comme tous les couples, mais notre amour est plus fort, j'en suis convaincue. J'ai envie de tout reprendre à zéro, que l'on prenne un nouveau départ.

Beth avait déployé ses arguments, et elle ne savait pas si elle devait continuer encore ou bien s'arrêter et attendre une réponse de François.

— Moi aussi, j'ai réfléchi à nous, Beth, à notre couple, notre mariage, aux filles… Moi aussi, je veux prendre un nouveau départ.

Le visage de Beth s'éclaira, la pression sur la main de François se fit plus insistante.

— Coupé du monde, j'ai beaucoup réfléchi, et je me suis dit que j'avais été vraiment stupide…

— Moi aussi, j'ai été stupide, François, mais maintenant je…

François lui coupa la parole pour terminer sa phrase.

— J'ai été vraiment stupide de ne pas avoir vu à quel point tu étais intéressée, égoïste, et surtout de ne pas avoir vu que tu ne m'aimais pas.

Beth retira sa main de celle de François.

— Tu t'attendais à quoi ? Un peu de maquillage, deux trois mots d'amour et c'est dans la poche ? Sérieusement, Beth, pour qui tu me prends ? Tu ne m'aimes pas, tu ne m'as jamais aimé.

François aurait pu s'étendre sur le sujet, mais il trouvait que quelques vérités sèches lancées à froid faisaient beaucoup plus d'effet qu'un long discours. Il reposa son verre de scotch et se leva lentement, puis regarda Beth, qui ne ressemblait plus à rien dans sa petite robe très smart.

— Je passerai prendre les filles vendredi prochain à la sortie des classes. Merci pour le scotch.

▪▪▪

John avait fait le déplacement spécialement de LA où il se reposait du tournage de Tarantino. Il avait ramené dans ses bagages une ravissante régisseuse brésilienne qui répondait au plus ou moins doux nom de « El Toro », en tout cas c'est comme cela que tout le monde l'appelait sur le tournage. D'ailleurs, en y repensant, John trouva qu'elle avait des épaules plutôt larges, pour une Brésilienne. Mais peu importe, El Toro faisait des pipes incroyables, n'est-ce pas l'essentiel ? Et puisqu'il était en France et puisqu'il aimait jouer les intellos snobs, John pensa à cette citation de Musset « peu importe le flacon pourvu qu'on ait l'ivresse », mais aussitôt sa classe britannique le rattrapa et il se dit qu'il n'était pas très heureux de comparer El Toro à une fiole, même métaphoriquement.

— Je vais faire quelques courses, chéri, tu veux venir ?

— Non, je vais rester à l'hôtel me reposer un peu. Prends ma carte.

— C'est déjà fait mon amour !

El Toro agita la carte noire de John en lui envoyant un petit baiser, puis disparut. À peine seul, John passa un coup de fil à Karen. Depuis le tournage du Tarantino, les deux acteurs étaient très proches, dans le sens le plus platonique du terme. John n'avait jamais eu de réelle complicité avec une personne de l'« autre genre ». Il avait toujours considéré qu'il y avait deux types de femmes : celles que l'on baise et celles que l'on déteste. Généralement, celles de la deuxième catégorie avaient séjourné plus ou moins longtemps en première catégorie. Mais sans savoir pourquoi, il s'était pris d'amitié pour Karen. Le fait qu'elle ait repoussé ses avances sur l'île l'avait automatiquement exclue de la première catégorie, mais pourtant il ne pouvait se résoudre à la détester. Karen errait donc dans les limbes relationnels de l'acteur depuis plusieurs mois déjà.

— Salut, tombeur, t'es à Paris ?

— Salut, Karen, oui, on est arrivés ce matin.

— « On », attend John, sérieusement, me dis pas que t'es encore avec ce travelo brésilien ?

— On n'en sait rien si c'est un travelo… et puis je l'aime bien. Enfin je crois.

— Mouais, bon, admettons. L'un dans l'autre, c'est peut-être ce qu'il te fallait, une femme avec des couilles !

John ne put s'empêcher de rire.

— Arrête avec ça, je t'ai déjà dit qu'elle n'avait pas de...

— STOP!!! N'en dis pas plus, je ne veux rien savoir des méandres de ta vie sexuelle tourmentée, très cher. Tu viens ce soir?

— Évidemment que je viens, je suis rentré de LA pour la projection! Parce que tout le monde ne couche pas avec le réalisateur et donc n'a pas la chance d'avoir déjà vu le film, je te signale!

— Je suis certaine que tu vas l'aimer.

— Y a intérêt, sinon je vous tue tous les deux!

John plaisantait, mais lentement le stress commençait à le gagner. Cela faisait longtemps qu'il n'avait pas ressenti cela pour une première. Il faut dire que le mystère autour de ce film avait été total. Aucun comédien, aucun agent, aucun journaliste, personne pour ainsi dire n'avait été autorisé à voir les images. Pas la moindre fuite, rien n'avait filtré. John se servit un whisky sans glace, et l'avala cul sec.

■■■

— Je suis sûre qu'il a la trouille pour ce soir.

— Qui ça?

Michel était en train de travailler le petit discours qu'il allait prononcer ce soir juste avant la projection, et ce n'était pas évident. Michel ne savait pas s'il devait parler du kidnapping ou se concentrer seulement sur le film, qui finalement était indissociable du kidnapping... quelle histoire! Écrire un scénario était nettement moins prise de tête.

— John ! Ouh ouhh ?? Tu m'écoutes, bébé ?

— Ah oui, John ! Il n'y a aucune raison, il est très bien dans le film.

— C'est ce que je lui ai dit, mais tu sais, je crois que celui-là compte beaucoup pour lui… si tant est que quelque chose compte beaucoup pour lui.

Michel grommela un vague assentiment avant d'arracher violemment la feuille sur laquelle il notait et raturait frénétiquement depuis une demi-heure.

— Fait chier ! Je n'y arriverai jamais ! J'en ai marre. De toute façon je n'y vais pas ce soir, j'ai pas envie d'y aller, voilà.

— Toi, Michel Motown, tu n'as pas envie d'assister à la première de ton film ?

Michel avait les bras croisés et le regard baissé. Il oscilla quelques secondes, partagé entre l'envie de mentir pour gagner la partie de bouderie et l'indiscutable désir d'être dans la salle ce soir.

— Bon, d'accord, j'ai envie d'aller à la première. Mais c'est ce discours à la con, là. J'ai pas d'idée, je ne trouve pas les mots, j'ai pas envie.

Les yeux sombres de Karen se mirent à pétiller. Elle s'avança vers Michel et s'assit sur lui à califourchon en le couvrant de petits baisers mouillés.

— Tu n'as pas envie ? Ça, c'est grave. Je vais voir ce que je peux faire, monsieur le réalisateur.

Karen déboutonna la chemise de Michel, et embrassa son torse, puis dirigea la main vers son entrejambe. La jeune femme laissa échapper un petit rire sensuel.

— Aahh, pas envie ? On dirait que tu as changé d'avis…

Michel caressa la cambrure de Karen et l'attira plus fort contre lui. Karen balaya d'un geste le bureau et s'allongea érotiquement dessus, offrant son corps à Michel. L'homme s'allongea à son tour sur elle, mais alors que la tension sexuelle était à son comble, Michel se releva.

— Ça y est !

— Heu... non. Ou alors j'ai loupé un épisode.

Michel ramassa l'une de ses notes dans le fouillis étalé par terre.

— Non, je veux dire, pour mon discours, j'ai une idée, ça y est !

Karen fit une moue de déception.

— Ah... dommage.

Michel lui sourit et l'embrassa.

— Je t'adore !

Karen mit quelques secondes avant de réagir.

— Tu m'« adores » ?

Elle n'était pas du genre à laisser passer une telle expression, elle n'était pas le genre de filles qu'on « adore ». Karen était de celles que l'on « aime éperdument » ou à la limite que l'on « aime » tout court. Karen avait connu pas mal de filles que l'on « adorait », assez en tout cas pour savoir qu'elle ne serait jamais, jamais l'une d'entre elles. Il y avait eu cette fille, que Karen avait connue lorsqu'elle était au lycée. Elle s'appelait Laurence. Karen s'en souvenait très bien car c'est vers la même époque qu'elle avait vu *Lawrence d'Arabie* pour la première fois, ce qui en soi n'avait rien à voir avec son amie, mais qui avait été un formidable moyen mnémotechnique pour se souvenir de son prénom. Bref, cette fille avait donc un petit ami, avec qui elle était depuis un temps certain, et Karen se souvenait que ce garçon dont le nom lui échappe disait toujours à Laurence « je t'adore ». Jamais « je t'aime », toujours « je t'adore ». À l'époque, Karen s'était dit qu'après tout, « aimer », « adorer », ce n'étaient que des mots, quelques lettres et puis après ? Mais, un soir, Karen était allée à une soirée où elle avait vu ce garçon en compagnie d'une autre fille, et l'avait surpris en train de lui dire qu'il l'aimait. Deux mois plus tard, il quittait Laurence. Eh bien, de la bouche de n'importe qui, ce ne sont peut-être que des mots, des lettres accrochées les unes aux autres, mais de la bouche de la personne que l'on aime, c'est bien plus. Et depuis ce jour, Karen, qui reconnaissait volontiers qu'elle avait été marquée plus que de raison par cet épisode, s'était promis qu'elle ne se laisserait jamais « adorer ». Karen frissonna. C'était comme si on lui offrait une figuration à la place du premier rôle, et il n'était pas question de négocier. Mais Michel était déjà à l'autre bout de l'appartement, et Karen se retrouva seule, déconcertée, et désespérément adorable.

■■■

Danièle elle aussi était assez nerveuse. Elle revoyait avec sa styliste, Estelle, les derniers détails de sa tenue.

— Mais enfin, Estelle, vous n'y pensez pas ! J'ai déjà mis ces escarpins au gala de charité pour… les petits Somaliens… ou les petits Coréens, je ne sais plus, mais ce qui est sûr, Estelle, c'est que je ne mettrai pas des chaussures que j'ai déjà portées en public ! Je ne comprends pas que vous me les proposiez encore !

— Danièle, je vous assure que vous n'avez jamais porté ces escarpins !

— Mais je sais ce que je dis, Estelle ! Et puis de toute façon, ils sont moches, voilà, c'est dit ! Cette robe est très spéciale, Estelle, mes pieds n'ont pas besoin de « chaussures », ils ont besoin de rêve, de création, d'un miracle, Estelle ! Trouvez-moi ça.

Pendant qu'elle tournait le dos à sa patronne pour chercher une autre idée, Estelle leva les yeux au ciel en marmonnant un « gnagnagna » pratiquement inaudible, sauf pour Danièle qui avait l'ouïe très fine.

— Pardon ?

— Je disais... pourquoi pas des Gabbana ?

Danièle hésita un instant avant de lancer une dispute, puis elle se ravisa, il n'était pas si tôt, et elle était déjà assez préoccupée comme ça.

— Oui, pourquoi pas ! Faites voir.

Après de multiples essais de bijoux, de coiffures, de foulards, de ceintures, d'étoffes en tout genre, Danièle finit par se regarder dans le miroir avec satisfaction.

■■■

Duvivier sirotait un scotch sans glace dans un bar branché lorsque François débarqua.

— Ah ! Je ne t'attendais plus, cher associé !

— Comment ça va, Duvivier ? Non mais je suis passé chez Beth et…

François ne résista pas à l'envie de narrer cet épisode jubilatoire à son meilleur ami.

— Et tu l'as plantée là ?

— Et je l'ai plantée là.

Duvivier médita quelques instants en regardant devant lui.

— Alors là, je dis chapeau ! Andrew ?

Le barman, un garçon d'une trentaine d'années, assez beau, s'approcha d'eux.

— Champagne ! Mon ami ici présent fête ses dix-huit ans !

Andrew dévisagea François, qui, même s'il avait bonne mine, avait passé l'âge d'avoir dix-huit ans. Mais Andrew, qui avait suivi une formation hôtelière de haut vol, se rappela cet adage maître : le client est roi. Aussi alla-t-il chercher une bouteille de champagne.

— Joyeux anniversaire, monsieur.

François se tourna vers Duvivier en grimaçant un petit sourire.

— T'es con !

Puis ils burent leurs coupes avec chacun la satisfaction d'avoir trouvé en l'autre un véritable ami, mais aussi un véritable partenaire. Duvivier se remémorait la réaction de Maude lorsqu'il lui avait appris qu'il la quittait. Son expérience sur l'île l'avait fait mûrir, et il n'avait pas voulu la faire souffrir, d'autant plus qu'elle n'y était pour rien. « Tu es une jeune femme merveilleuse, et je suis certain que tu trouvera un homme qui te méritera plus que moi. »

Évidemment, Maude avait pleuré et supplié Duvivier de rester, ce qui l'avait un peu agacé, soyons honnêtes. Mais il avait su rester gentleman jusqu'au bout, et avait renoncé à tout avantage financier. Il avait quitté l'appartement le soir même et était allé s'installer chez François, très heureux de pouvoir partager son grand appartement du 8e arrondissement avec ascenseur, parquet, moulures et balcons. François avait finalement réussi par une pirouette immobilière à réfuter la décision de mise aux enchères, à faire annuler la vente et à réintégrer ses beaux quartiers. Pas de doute, il était de retour. De cette cohabitation était très vite née l'idée de créer une société de production dont les nouveaux colocataires seraient les associés, et en quelques documents administratifs ils avaient commencé à écrire l'histoire de leur nouvelle vie. François sursauta.

— Merde ! T'as vu l'heure ? Dépêche-toi, on va être en retard !

Tapis rouge

Les invités commençaient à affluer sur les Champs-Élysées. La fine fleur du cinéma français et international (car cette aventure avait fait le tour du monde) s'était massée devant le Gaumont Marignan, si bien que le service d'ordre avait bien des difficultés à contenir la foule agglutinée. Acteurs, agents, directeurs de casting, producteurs, distributeurs et personnalités en tout genre s'empressaient de faire imprimer leurs portraits sur la pellicule des paparazzi. Au passage, tous adressaient un sourire charmeur à Michel, ou plutôt un plissement des zygomatiques qui signifiait « Je suis sûr que c'est une merde mais je crierai au génie comme les autres », « S'il te plaît prends-moi dans ton prochain film », ou encore « Espèce de petit connard, pourquoi tu ne m'as pas kidnappé moi ?? ». Michel observait la scène depuis l'intérieur lorsqu'il reçut un MMS de Bob et Lulu, avec une photo du bar Les Lucioles affublé d'un panneau « VENDU », lui disant qu'ils ne pouvaient pas être là ce soir mais qu'ils pensaient bien à Karen et à lui, et qu'ils leur souhaitaient un gros MERDE ! Michel sourit, puis se replongea dans les notes de son discours.

■■■

À plusieurs milliers de kilomètres de là, Bob, étendu dans un transat au bord de la mer, sous le soleil des Bahamas, commandait un cocktail sans alcool à un serveur local vêtu d'un pagne en feuille de bananier.

— Tu lui as envoyé ?

Lulu, à quelques mètres devant lui, de dos, trempait ses pieds dans l'eau. Elle portait un maillot de bain noir une pièce, qu'elle avait acheté à la boutique du village. Devant elle, la vie à perte de vue. Bob contempla ce tableau un moment avant de répondre. L'instant était indéniablement l'un des plus heureux moments de leur existence. Bob aurait voulu arrêter le temps, mais pour l'instant tout ce qu'il avait réussi à arrêter, c'était l'alcool et c'était déjà pas mal.

— Oui, oui, ma puce. J'espère que ça va bien se passer.

— Oh, il n'y a pas de raison, je suis sûre que tout se passera bien…

Lulu se retourna, laissant découvrir son ventre rond de sept bons mois de grossesse.

— Ce garçon a vraiment du talent, dit-elle en caressant son abdomen.

■■■

Olga apportait les dernières retouches à sa coiffure dans la limousine lorsqu'elle approcha du cinéma. La voiture s'arrêta au milieu de la foule, Olga laissa les gardes du corps écarter les admirateurs et lui ouvrir la portière, puis elle sortit magistralement, dans une robe beige strass et paillettes, confectionnée sur mesure pour l'occasion par un jeune créateur suédois. Olga se sentait majestueuse, elle paradait sous le crépitement des flashes, lorsque soudain, les « Olga, par ici ! », « s'il vous plaît OLGA ! » des photographes se transformèrent en « Danièle ! », « Danièle, s'il vous plaît Danièle ! », « Ici, Danièle !!! ». Olga détourna la tête et découvrit Danièle, portant la même robe qu'elle. Comment cela était-il possible ? Olga était verte de rage. Que Danièle porte la même robe était assez humiliant, mais qu'elle lui aille encore mieux était absolument inconcevable ! Comment avait-elle su pour cette robe ? Danièle rayonnait. Elle devait, d'après l'estimation d'Olga, avoir perdu au moins huit kilos ! Tous les regards étaient tournés vers Danièle. Olga ne le supportait pas, mais que pouvait-elle faire ? Si elle allait à sa rencontre, la comparaison ne serait pas en sa faveur. Aussi s'éclipsa-t-elle, furieuse, ruminant déjà sa future vengeance.

Danièle, elle, posait volontiers pour les photographes, s'exposait sous toutes les coutures, et ne put s'empêcher de jeter un rapide coup d'œil à Olga, qu'elle vit littéralement s'enfuir à l'intérieur. Ce qui lui donna encore plus l'envie de parader devant la pléiade de journalistes.

∎∎∎

« Je me suis vraiment battue pour ce projet », s'exclama Audrey aux quelques journalistes qui l'interviewaient, avant de s'excuser et de rejoindre la salle obscure. Un à un, les comédiens furent appelés à monter sur scène, comme le veut la tradition, avant que Michel ne les rejoigne. Karen, resplendissante, lui adressa un petit baiser avant qu'il ne se lance dans son discours. Michel avait le trac. On lui tendit un micro, qu'il prit d'une main moite. Tant de personnalités devant lui ce soir, prêtes à le juger, ou plutôt à juger son travail. C'était son moment, pour lequel il avait pris tant de risques, qu'il avait tellement attendu et espéré. C'était maintenant.

— Hum... hum... Bonsoir à toutes et à tous, merci d'être venus ce soir. Ce que j'aimerais vous dire...

Michel continuait de parler mais il voyait bien que personne ne l'écoutait. Pourtant, il était lancé, et ne voulait pas céder à ce qu'il prenait pour de l'irrespect. Pour qui ces gens se prenaient-ils ? Michel, avec une conviction grandissante, avançait dans son discours lorsqu'un régisseur vint pour lui prendre son micro. Michel se dégagea de justesse et continua de parler. Ces gens étaient venus, c'était pour écouter ce qu'il avait à dire! C'était incroyable. Le milieu du cinéma était décidément impitoyable. Si c'était pour lui manquer de respect, ils n'avaient qu'à rester chez eux. Michel se cramponnait à sa mémoire et à son texte, il n'avait rien lâché jusqu'à présent, ce n'était pas sur la ligne d'arrivée qu'il renierait sa démarche. Soudain, Karen s'approcha de lui et lui murmura quelque chose à l'oreille.

— Le micro ne marche pas mon cœur…

Michel se sentit soudain très con. Il jeta un regard inquiet vers l'assemblée, comme pour vérifier que l'information qu'on venait de lui transmettre concordait, puis il tendit l'instrument au régisseur qui l'attrapa avec une grimace mêlant moquerie et compassion, la compassion prenant malgré tout l'avantage. Un technicien fit signe qu'il fallait faire une croix sur le micro. Michel ne savait plus quoi faire. Tous les acteurs l'applaudirent en riant, et entraînèrent avec eux l'ensemble du public. Michel ne s'attendait pas à un tel succès sans même avoir récité son discours, mais il remercia la foule et prit sa place parmi les spectateurs, à côté d'El Toro, qui lui envoya un clin d'œil confiant. John prit la main d'El Toro, Michel celle de Karen, et le machiniste envoya les premières images. Tout le monde retint son souffle, hormis Dov qui checkait son portable toutes les trente secondes pour s'assurer que la nounou n'avait pas envoyé de message d'urgence, et qui malgré tout lui envoyait toutes les vingt minutes un petit texto « tout se passe bien ? » auquel elle prenait soin de répondre « tout se passe bien monsieur, bonne soirée » avec un soupir d'exaspération.

■■■

Audrey, plongée dans l'obscurité, attendait impatiemment de se découvrir à l'écran, mais le temps passait, et déjà plusieurs scènes dans lesquelles elle apparaissait auraient dû défiler devant ses yeux. Mais rien, *niet*, *nada*. Audrey commença à se crisper légèrement, jeta quelques regards autour d'elle aux autres comédiens qui étaient, comme le reste de la salle, totalement absorbés par le film. Cela faisait une heure dix que la pellicule défilait lorsque Audrey se découvrit enfin à l'écran. Évidemment, la satisfaction fut intense, mais de courte durée. À la soixante-seizième minute, soit six minutes très exactement après son entrée en scène, Audrey se fit sauvagement assassiner. Tout le monde sursauta, y compris Audrey qui n'avait pas le moindre souvenir d'avoir tourné cette scène. L'agent des forces spéciales qui avait procédé à l'arrestation de Michel et de son équipe sur l'île, et qui avait été invité à la projection, tapota sur l'épaule d'Audrey, juste devant lui, et lui murmura un sincère et joyeux : « Vous vous souvenez mademoiselle? C'est là qu'on est intervenus, je m'en souviens très bien... Oh, c'est dingue le cinéma quand même! » Audrey n'y tenant plus quitta la salle et se précipita aux toilettes pour reprendre ses esprits. Les larmes lui montaient aux yeux, elle qui ne pleurait jamais et qui avait toujours besoin d'une épaisse couche de menthol sous les yeux pour les scènes d'émotion. Sentant le liquide lacrymal prêt à jaillir, Audrey se rua dans les toilettes pour handicapés, les plus proches. Mais à peine était-elle entrée qu'elle arrêta son geste, tétanisée par la scène qu'elle venait d'interrompre. Hadrien, le pantalon aux chevilles, était littéralement en train d'entreprendre Bikini, étalée sur les lavabos des toilettes pour handicapés. Mais le plus déconcertant était cette tête de paparazzi, sans doute présent au bon endroit au bon moment, caché derrière son objectif, qui dépassait de l'une des cabines, et qui se tourna subitement vers Audrey. En un flash, Audrey comprit qu'une fois de plus, elle passait à côté de l'actualité. Sans un mot, elle se dirigea vers le premier lavabo, duquel Bikini retira précipitamment sa petite culotte, et se passa de l'eau fraîche sur le visage. Hadrien, Bikini et le paparazzi observaient la scène, incrédules. Le paparazzi, pourtant réactif par nature, mit quelques secondes avant de prendre en photo ce tableau surréaliste. Jean-Jacques, c'était le nom de ce paparazzi, trouvait d'ailleurs que cette photo, techniquement parlant, était tout à fait intéressante puisque au premier plan tous les protagonistes étaient de dos, mais grâce au miroir des lavabos l'on découvrait leurs visages et surtout l'expression stupéfiante de leurs visages. Jean-Jacques, qui était un véritable penseur, derrière son objectif alimentaire, se dit qu'il s'agissait là d'une hyperbole pour le moins ironique de la face cachée de l'homme, du rapport de l'homme à son identité propre vis-à-vis de l'humanité, et tout cela sans saturer les blancs. Jean-Jacques ne put retenir un petit sourire de satisfaction. Hadrien et Bikini avaient fini de se rhabiller lorsque Audrey quitta les toilettes comme elle était venue, sans un mot. À en juger par la foule agglutinée dans le hall et par les félicitations lancées et autres clappements en tout genre, la projection était terminée, et avait été un succès. Audrey se dirigea vers Michel qui était en pleine conversation avec John et El Toro. Karen leva son verre en direction du couple.

— Mais c'est fantast…

— Ça, tu vas me le payer, espèce de sale trou du cul !

John, rattrapé par ses origines *british*, tenta de calmer le jeu en annonçant la bonne nouvelle à Audrey.

— Audrey, El Toro et moi, nous sommes fiancés !

— Ta gueule pédale !

Audrey aurait bien ajouté deux ou trois bons mots à son palmarès mais, alerté par les haussements de voix, un journaliste s'approcha du petit groupe.

— John ! Vous étiez formidable ! Jamais je ne vous aurais imaginé en tueur psychopathe, ce Motown a du talent ! Et vous Audrey… pourquoi avoir accepté un si petit rôle ?

Audrey adressa un sourire indéniablement teinté de haine à Michel, puis se tourna vers le journaliste avec un enthousiasme auquel on aurait pu croire si l'on ne connaissait pas les coulisses de la réponse.

— Michel est quelqu'un d'incroyable. C'est un projet tellement fou et ambitieux, je voulais en faire partie ! D'autant plus que je n'ai aucun problème d'ego !

∎∎∎

Danièle avait été émue par ce film, qui était une véritable réussite. Pendant la projection, elle s'était souvenue des bons moments passés avec Olga, de leur complicité, et de ce sentiment étrangement agréable d'avoir une amie.

— Je suis désolée pour la robe, Olga.

Olga se retourna, surprise d'entendre des excuses sortir de la bouche de Danièle, mais pas insensible à ce geste dont elle devinait qu'il lui coûtait péniblement.

— Cette robe te va à ravir, Danièle.

— Merci, ta nouvelle couleur de cheveux te va très bien.

Olga ne put s'empêcher de sourire.

— Je suis désolée pour les photos.

— Je suis désolée pour Pedro, je sais qu'il t'avait envisagée à un moment pour le rôle, mais lorsque l'occasion s'est présentée, je n'ai pas pu résister.

Olga marqua un petit pincement qui fit comprendre à Danièle qu'elle n'était pas au courant.

— J'avais peur de ne plus exister, tu comprends ?

Olga se ressaisit.

— De toute façon, je n'aime pas la paëlla.

Danièle éclata de rire, et prit Olga dans ses bras.

— Tu m'as manqué, vieille garce.

— Toi aussi, tu m'as manqué.

Jean-Jacques qui passait par là immortalisa l'instant de son Canon EOS 5D et, devant cette image, confessa qu'il rêvait solitairement d'un projet de paix perpétuelle…

Épilogue

Après une nuit passionnée, Karen et Michel, nus sous des draps en satin de coton blanc, fument une Kent à deux, en regardant le plafond. Karen se penche vers lui, pose un petit baiser sur ses lèvres.

— Tu as une idée pour ton prochain film ?

Michel scrute toujours le plafond, souffle sa fumée de cigarette.

— L'histoire d'un mec, qui veut faire un film, avec les plus grands acteurs, qui n'a pas les moyens de le faire, mais qui décide de le faire quand même…

Remerciements

Écrire un roman, c'est bien.

Le publier, c'est mieux.

Le publier chez un super éditeur, c'est encore mieux.

Je remercie Philippe Robinet et toute l'équipe des éditions Kero pour m'avoir offert cette troisième option…

Les Éditions KERO utilisent des papiers composés de fibres naturelles,
renouvelables, recyclables et fabriquées à partir de bois issu de forêts
qui adoptent un système d'aménagement durable.

Cet ouvrage a été imprimé en France par

CPI
BUSSIÈRE

à Saint-Amand-Montrond (Cher)
en juillet 2013

N° d'impression : 2004180
Dépôt légal : août 2013